科学探偵《かがくたんてい》 謎野真実《なぞのしんじつ》 シリーズ5

科学探偵 VS.

消滅した島

もくじ

登場人物《とうじょうじんぶつ》……6
これまでのあらすじ……8
プロローグ……10

1 悪《あく》魔《ま》のわらべ歌《うた》 24

2 黒《くろ》い怪物《かいぶつ》 62

3 人《ひと》食《く》い浜《はま》 100

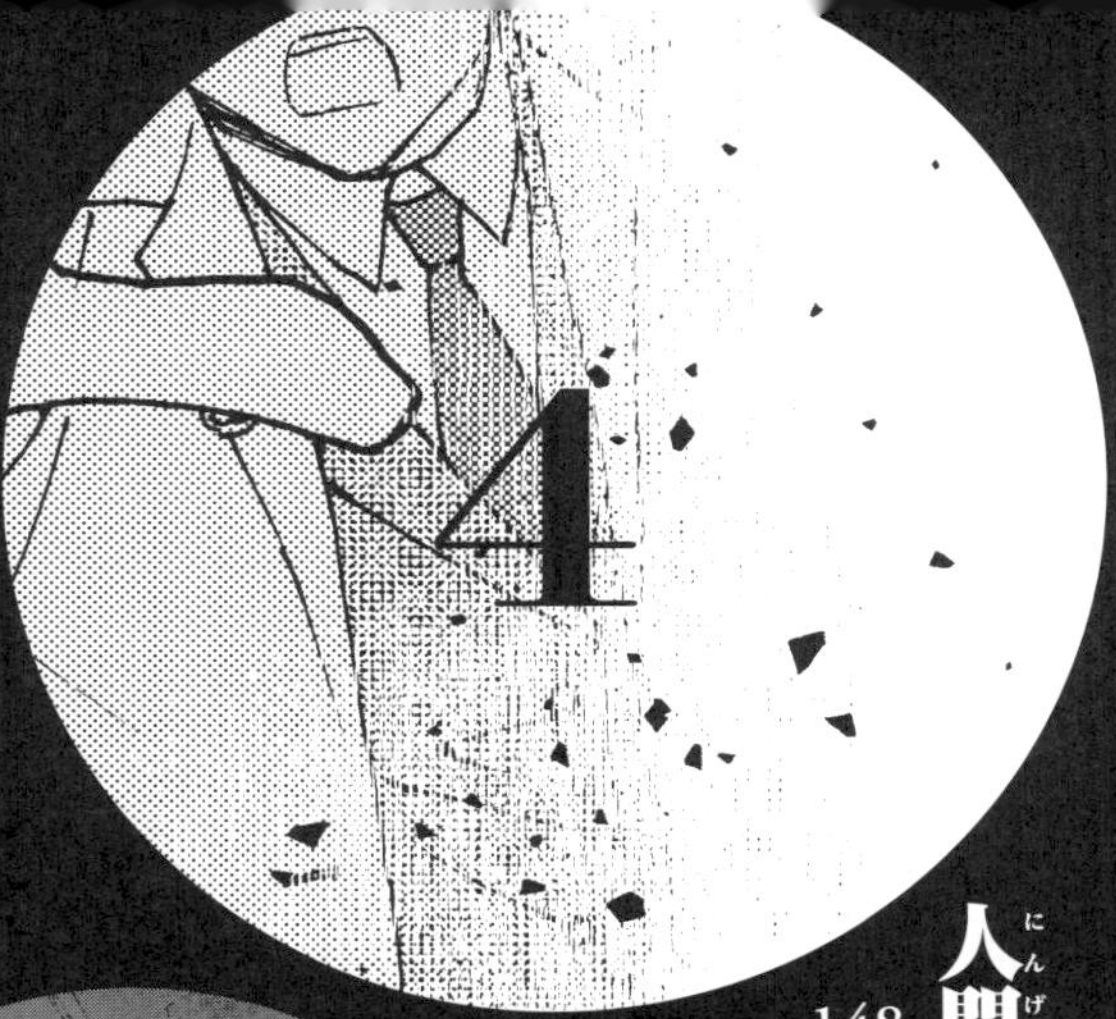

人《にん》間《げん》消《しょう》滅《めつ》 148

悪《あく》魔《ま》の正《しょう》体《たい》 184

エピローグ……………224

この本《ほん》の楽《たの》しみ方《かた》

この本《ほん》のお話《はなし》は、事件編《じけんへん》と解決編《かいけつへん》に分《わ》かれています。登場人物《とうじょうじんぶつ》と一緒《いっしょ》にナゾ解《と》きをして、事件《じけん》の真相《しんそう》を見《み》つけてください。ヒントはすべて、文章《ぶんしょう》と絵《え》の中《なか》にあります。

宮下健太《みやしたけんた》

成績《せいせき》もスポーツも中《ちゅう》ぐらいの〝ミスター平均点《へいきんてん》〟。転校《てんこう》してきた真実《しんじつ》と仲良《なかよ》くなり、一緒《いっしょ》に真実《しんじつ》の父《ちち》を捜《さが》す。

青井美希《あおいみき》

「スクープ命《いのち》！」の新聞《しんぶん》部部長《ぶぶちょう》。健太《けんた》とは幼《おさな》なじみ。いつしか、真実《しんじつ》や健太《けんた》とともに行動《こうどう》するように。

登場人物《とうじょうじんぶつ》

謎野真実《なぞのしんじつ》

エリート探偵育成学校《たんていいくせいがっこう》・ホームズ学園《がくえん》からの転校生《てんこうせい》。天才的《てんさいてき》な頭脳《ずのう》と幅広《はばひろ》い科学知識《かがくちしき》を持《も》つ。「科学《かがく》で解《と》けないナゾはない」が信条《しんじょう》。行方不明《ゆくえふめい》になった父《ちち》・快《かい》明《めい》を捜《さが》している。

謎野快明《なぞのかいめい》

真実《しんじつ》の父《ちち》で、ホームズ学園《がく》《えん》の科学教師《かがくきょうし》。現在《げんざい》、行方不明《ゆくえふめい》。

横川《よこかわ》

真実《しんじつ》たちが訪《おとず》れた島《しま》で出会《であ》った謎《なぞ》の人物《じんぶつ》。快《かい》明《めい》の行方《ゆくえ》に関《かか》わる何《なに》かを知《し》っているようなのだが……。

これまでのあらすじ

謎野《なぞの》真実《しんじつ》は、ある島《しま》に向《む》かったきり行方不明《ゆくえふめい》になった父《ちち》を捜《さが》すため、エリート探偵《たんてい》育成学校《いくせいがっこう》・ホームズ学園《がくえん》から、健太《けんた》たちのいる花森小《はなもりしょう》学校《がっこう》に転校《てんこう》してきた。

快明《かいめい》が島《しま》に向《む》かう前《まえ》に残《のこ》した手紙《てがみ》には、「ある人物《じんぶつ》にねらわれている。その人物《じんぶつ》は、真実《しんじつ》もよく知《し》る人物《じんぶつ》である」

未解決《みかいけつ》の謎《なぞ》 住人全員《じゅうにんぜんいん》が消《き》えた島《しま》

1巻《かん》7章《しょう》

父《ちち》・快明《かいめい》は、ある島《しま》で起《お》こった事件《じけん》を追《お》っていた。その島《しま》では、ある日突然《ひとつぜん》、住人全員《じゅうにんぜんいん》が姿《すがた》を消《け》してしまったのだという。

快明《かいめい》は、事件《じけん》の真相《しんそう》を探《さぐ》るためにその島《しま》に向《む》かい、それきり行方《ゆくえ》不明《ふめい》になってしまった。

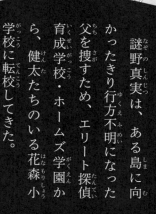

と書《か》かれていた。
また快明《かいめい》は、自分《じぶん》の研究《けんきゅう》室《しつ》にひそかに島《しま》の場所《ばしょ》の手《て》がかりも残《のこ》していた。それは、中琉球《なかりゅうきゅう》にしかいない貴重《きちょう》な蝶《ちょう》の写真《しゃしん》だった。
そして、真実《しんじつ》、健太《けんた》、美希《みき》の3人《にん》は、中琉球《なかりゅうきゅう》へとやってきた。
住人全員《じゅうにんぜんいん》が消《き》えた島《しま》と、その島《しま》に渡《わた》った快明《かいめい》の行方《ゆくえ》を捜《さが》すために……。

生徒全員《せいとぜんいん》が消《き》えた幽霊塔《ゆうれいとう》

4巻《かん》1章《しょう》

ホームズ学園《がくえん》では、10年前《ねんまえ》に不思議《ふしぎ》な事件《じけん》が起《お》こっている。
世界的《せかいてき》に有名《ゆうめい》な科学《かがく》者《しゃ》を招《まね》き、ホールでおこなわれた特別授業《とくべつじゅぎょう》。そのさなかに火災《かさい》が起《お》こり、科学者《かがくしゃ》も授業《じゅぎょう》を受《う》けていた成績優秀《せいせきゆうしゅう》な選《えら》ばれし生徒《せいと》たちも、全員《ぜんいん》が消《き》えてしまった。

「真実《しんじつ》くん、いよいよだね」

謎野《なぞの》真実《しんじつ》と宮下健太《みやしたけんた》、青井美希《あおいみき》の3人《にん》は、中琉球《なかりゅうきゅう》にある、とある島《しま》にやってきた。

真実《しんじつ》の父《ちち》・快明《かいめい》が残《のこ》したオキナワカラスアゲハの写真《しゃしん》から、「住人《じゅうにん》が全員消《ぜんいんき》えた島《しま》」が中《なか》琉球《りゅうきゅう》のどこかにあるとわかった。快明《かいめい》はその島《しま》にいるはずだ。

「だけど真実《しんじつ》くん、この島《しま》が住人《じゅうにん》が消《き》えた島《しま》ってわけじゃないよね？」

「ここではないね」

「健太《けんた》くん、そんなのまわりを見《み》ればわかるでしょ！」

美希《みき》は、あきれたようすで道路《どうろ》を指《ゆび》さした。

道路《どうろ》には、ふつうに人《ひと》が歩《ある》いている。どう考《かんが》えても「住人《じゅうにん》が全員消《ぜんいんき》えた島《しま》」のわけがない。

「じゃあ、ほかの島《しま》ってことかあ」

「もう少《すこ》し手《て》がかりを見《み》つける必要《ひつよう》があるみたいだね」

真実《しんじつ》がそう言《い》うと、美希《みき》が笑《わら》った。

「こういうときは、わたしにまかせて！」

見《み》ると、美希《みき》は「取材用《しゅざいよう》」と書《か》かれたノートを持《も》っている。

「わたし、こう見《み》えて新聞部《しんぶんぶ》の部長《ぶちょう》だからね！」

美希《みき》は近《ちか》くを歩《ある》いていたおばさんのもとへ駆《か》け寄《よ》った。

「すいませ～ん、聞《き》きたいことがあるんですが、住人《じゅうにん》が全員消《ぜんいんき》えた島《しま》って知《し》ってますか？」

美希《みき》は近《ちか》くにいる人《ひと》たちに次々《つぎつぎ》と声《こえ》をかけていった。

「確《たし》かに、中琉球《なかりゅうきゅう》に住《す》んでいる人《ひと》なら、何《なに》か知《し》ってるかもしれないね」

「よおし！　真実《しんじつ》くん、ぼくたちも聞《き》いてみようよ！」

真実《しんじつ》と健太《けんた》も、聞《き》き込《こ》みをおこなうことにした。


「住人《じゅうにん》が消《き》えた島《しま》だって？　う、う～ん、そんなの知《し》らないねえ」

「わたしも知《し》らないわ。今《いま》、忙《いそが》しいからもう行《い》っていいかしら？」

「えっ？　そんな島《しま》知《し》らないよ。聞《き》いても誰《だれ》も知《し》らないと思《おも》うよ」


1時間《じかん》ほどが経《た》った。

真実《しんじつ》たちは50人《にん》以上《いじょう》に声《こえ》をかけたが、誰《だれ》も島《しま》のことは知《し》らなかった。

「ひとりぐらい知《し》ってると思《おも》ったんだけど」

「うわさにもなってないみたいね」

ふと、真実《しんじつ》が口《くち》を開《ひら》いた。

「おかしい」

「えっ？　何《なに》がおかしいの？」

「健太《けんた》くん、気《き》づかなかったかい？　みんな、島《しま》のことを聞《き》いたとき、一瞬《いっしゅん》とまどったような顔《かお》をしていただろう？」

「そう言《い》われれば……」

みな、言葉《ことば》につまったり、忙《いそが》しいと言《い》ってちゃんと話《はなし》を聞《き》いてくれなかったりした。

「もしかすると、島《しま》のことを知《し》っていても、言《い》いたくないのかもしれない」

「真実《しんじつ》くん、どういうこと？」

「島《しま》の住人《じゅうにん》が一夜《いちや》にして全員《ぜんいん》消《き》えてしまったんだ。そんないまわしい島《しま》には、関《かか》わりたくないと思《おも》っているんだろう」

「いまわしい島《しま》……」

「もちろん、理由《りゆう》もなく人《ひと》が消《き》えるなんてことはありえない。すべては科学《かがく》で説明《せつめい》できる。島《しま》の住人《じゅうにん》が消《き》えた現象《げんしょう》も、ぼくは解《と》いてみせる。だけど……」

真実《しんじつ》は町《まち》を見《み》つめた。

「これ以上《いじょう》、この島《しま》の人《ひと》たちから情報《じょうほう》を聞《き》き出《だ》すのは難《むずか》しそうだね」

その言葉《ことば》に、健太《けんた》はう〜んとうなってしまった。

「だったら、あそこに行《い》ってみましょうよ！」

美希《みき》が明《あか》るい表情《ひょうじょう》で言《い》った。

「あそこって？　美希《みき》ちゃん、何《なに》か考《かんが》えがあるの？」

「新聞部《しんぶんぶ》っていうのは、取材《しゅざい》とか聞《き》き込《こ》みだけをして記事《きじ》を書《か》いてるわけじゃないのよ」

「資料《しりょう》を調《しら》べる、だね」

「さすが真実《しんじつ》くん。そのとおり。この島《しま》に到着《とうちゃく》したとき、わたし、掲示板《けいじばん》の島《しま》の地図《ちず》を見《み》たんだけど、『郷土資料館《きょうどしりょうかん》』があったわ」

「郷土資料館《きょうどしりょうかん》か。確《たし》かにそこに行《い》けば、何《なに》かわかるかもしれない」


真実《しんじつ》たちは、郷土資料館《きょうどしりょうかん》にやってきた。

住宅地《じゅうたくち》にある、２階建《かいだ》ての小《ちい》さな建物《たてもの》だ。

しかし、入《い》り口《ぐち》に「閉館《へいかん》」と書《か》かれたボロボロのプレートがかかっていた。

「もしかして、つぶれちゃったのかな？」

「このボロボロさからすると、かなり前《まえ》からみたいね。も〜、これじゃあ、住人《じゅうにん》が消《き》えた島《しま》の情報《じょうほう》が何《なに》もわからないじゃない！」

美希《みき》はガッカリしながら、建物《たてもの》の前《まえ》から立《た》ち去《さ》ろうとした。

そのとき、風《かぜ》が吹《ふ》いた。

ギイイイ

入《い》り口《ぐち》のとびらがゆっくりと開《ひら》く。

「開《あ》いてるみたいだよ!?」

「ほんとね。鍵《かぎ》が開《あ》いてたってことかしら？」

「とりあえず、中《なか》に入《はい》ってみよう」

「えっ、でも」

「何《なに》か手《て》がかりがあるかもしれないだろう」

真実《しんじつ》は、とまどう健太《けんた》たちをよそに、中《なか》に入《はい》っていく。

「あっ、ちょっと！」

健太《けんた》と美希《みき》も、あとに続《つづ》く。

中《なか》は、うす暗《ぐら》く静《しず》まりかえっている。

「あれ、真実《しんじつ》くんは？」

健太《けんた》と美希《みき》は、先《さき》に入《はい》った真実《しんじつ》を見失《みうしな》ってしまった。

「まさか、消《き》えちゃった？」

「ええ？　それじゃあ消《き》えた島《しま》の人《ひと》たちと同《おな》じじゃない!?」

「こっちにいるよ」

奥《おく》のほうから、真実《しんじつ》の声《こえ》が聞《き》こえた。

「真実《しんじつ》くん！」

建物《たてもの》の中《なか》はほこりだらけで、いたるところに物《もの》が散乱《さんらん》している。

健太《けんた》と美希《みき》はそれらを踏《ふ》まないように注意深《ちゅういぶか》く歩《ある》いて、奥《おく》の部屋《へや》へ入《はい》った。

そこには、いくつものガラスケースや、動物《どうぶつ》のはくせいが並《なら》んでいた。

壁《かべ》にはたくさんの写真《しゃしん》が飾《かざ》られていた。

どれも建物《たてもの》と同《おな》じようにボロボロで、ほこりをかぶり、よく見《み》ないとどういうものが写《うつ》っているのか、わからなかった。写真《しゃしん》は、海《うみ》や山《やま》、植物《しょくぶつ》や動物《どうぶつ》や昆虫《こんちゅう》と、種類《しゅるい》もさまざまだ。

「これを見《み》てごらん」

真実《しんじつ》は、壁《かべ》に飾《かざ》られた1枚《まい》の写真《しゃしん》を見《み》ていた。

「ええっと、ああ、それって！」

近寄《ちかよ》って見《み》てみると、そこにはオキナワカラスアゲハが写《うつ》っていた。

「真実《しんじつ》くんのお父《とう》さんの研究室《けんきゅうしつ》にあったのと同《おな》じ写真《しゃしん》だ！」

「どうやら、父《とう》さんもこの島《しま》に来《き》ていたようだね」

写真《しゃしん》の下《した》には、小《ちい》さなプレートがはられていた。


「オキナワカラスアゲハ　撮影場所《さつえいばしょ》　阿久磨島《あくまじま》」


「阿久磨島《あくまじま》!?」

「それが『住人《じゅうにん》が全員消《ぜんいんき》えた島《しま》』の名前《なまえ》のようだね」

「ねえ、それってこれのことじゃない？」

少《すこ》し離《はな》れた場所《ばしょ》に立《た》っていた美希《みき》が声《こえ》をあげた。

すぐそばの壁《かべ》には、古《ふる》いパネルがいくつか展示《てんじ》されていた。

美希《みき》はそのひとつを見《み》ていた。

そのパネルには、赤《あか》い文字《もじ》で〈阿久磨島《あくまじま》の悪魔伝説《あくまでんせつ》〉と書《か》かれている。

「なんだかぶきみなんだけど」

健太《けんた》は少《すこ》し怖《こわ》がりながらも、パネルの文字《もじ》を読《よ》みはじめた。


〈阿久磨島《あくまじま》の悪魔伝説《あくまでんせつ》〉


島《しま》の歴史《れきし》は平安時代《へいあんじだい》までさかのぼる。

もともと、作物《さくもつ》が実《みの》らない不毛《ふもう》の地《ち》であったため、「悪魔《あくま》が棲《す》む土地《とち》」という意味《いみ》をこめて、阿久磨島《あくまじま》と呼《よ》ばれるようになった。

江戸時代《えどじだい》、無人島《むじんとう》だったこの島《しま》は、流刑地《るけいち》に選《えら》ばれた。流刑《るけい》とは、罪人《ざいにん》を辺《へん》境《きょう》や島《しま》に追放《ついほう》する刑《けい》で、罪人《ざいにん》は一生島《いっしょうしま》から出《で》ることはできない。

島《しま》に送《おく》られた罪人《ざいにん》たちは、いつしかその島《しま》に棲《す》むという、「悪魔《あくま》」を信仰《しんこう》する

ようになっていった。

悪魔《あくま》を信仰《しんこう》する罪人《ざいにん》たちをほかの島《しま》の人々《ひとびと》は恐《おそ》れ、けっして島《しま》へ近《ちか》づこうとしなかった。

そして、阿《あ》久《く》磨《ま》島《じま》のことを、「呪《のろ》われた島《しま》」と呼《よ》ぶようになったという。


「呪《のろ》われた島《しま》……」

パネルには、阿《あ》久《く》磨《ま》島《じま》の位置《いち》が記《しる》されていた。

この島《しま》のすぐ近《ちか》くにあるようだ。

「『悪魔《あくま》が棲《す》む土地《とち》』だから、阿《あ》久《く》磨《ま》島《じま》……」

コトッ

背後《はいご》で物音《ものおと》がした。

真実《しんじつ》たちがハッとして振《ふ》り返《かえ》ると、部屋《へや》の入《い》り口《ぐち》にひとりの男《おとこ》の人《ひと》が立《た》っていた。

「阿《あ》久《く》磨《ま》島《じま》にはけっして近《ちか》づくな！」

男《おとこ》の人《ひと》は、ボサボサの髪《かみ》に、ひげを伸《の》ばし、ヨレヨレの服《ふく》を着《き》ている。

「わっ、勝手《かって》に入《はい》ってごめんなさい！」

突然声《とつぜんこえ》をかけられて、健太《けんた》と美希《みき》は驚《おどろ》き、あわてて謝《あやま》った。

しかし、真実《しんじつ》はまっすぐに男《おとこ》の人《ひと》に向《む》き直《なお》り、たずねた。

「あなたは、阿久磨島《あくまじま》にはけっして近《ちか》づくな、と言《い》いましたよね？　それはつまり、島《しま》のことを知《し》っているということですね？」

「それは……」

「教《おし》えてください。ぼくはどうしても島《しま》のことを知《し》りたいんです。父《ちち》を救《すく》うために！」

「父親《ちちおや》を……？」

男《おとこ》の人《ひと》は、真実《しんじつ》をじっと見《み》つめた。

「オレの名《な》は横川《よこかわ》……。阿久磨島《あくまじま》で起《お》きたあの事件《じけん》の唯一《ゆいいつ》の生《い》き残《のこ》りだ──」

悪《あく》魔《ま》のわらべ歌《うた》

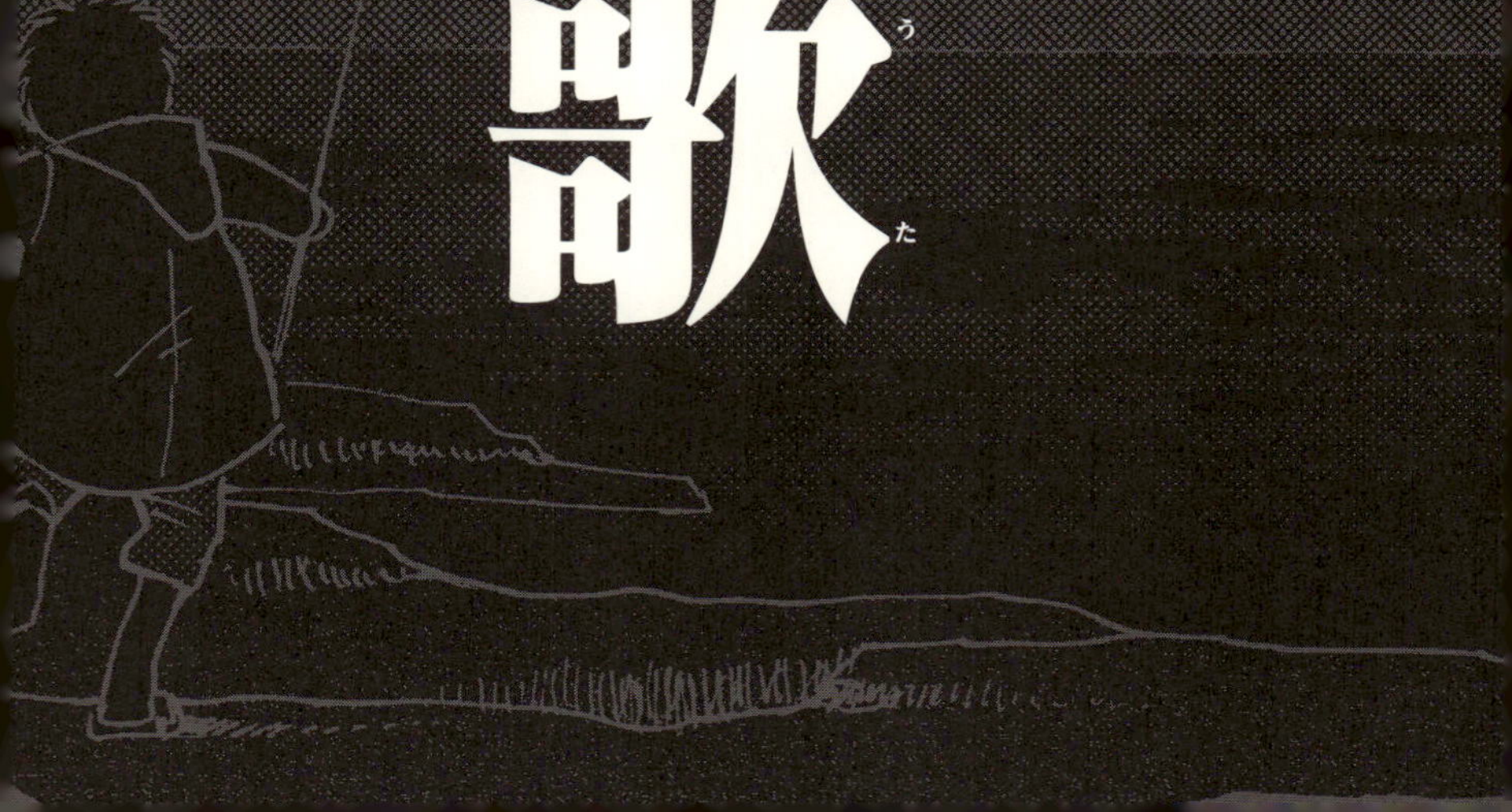

消滅《しょうめつ》した島《しま》1

事件編《じけんへん》

「あの事件《じけん》の唯一《ゆいいつ》の生《い》き残《のこ》り……？」

健太《けんた》がゴクリとつばをのみこむ。

真実《しんじつ》は、横川《よこかわ》をまっすぐ見《み》つめて言《い》った。

「それは、島《しま》の住人《じゅうにん》が全員《ぜんいん》消《き》えた事件《じけん》ですか？」

「オレは見《み》たんだ……島《しま》の仲間《なかま》たちが、あとかたもなく消《き》えてしまうのをな」

その言葉《ことば》に、部屋《へや》の空気《くうき》が凍《こお》りついた。

「そんな……そんなことが本当《ほんとう》に……？」

美希《みき》がつぶやくと、横川《よこかわ》は大《おお》きな目玉《めだま》でギョロリとにらんだ。

鬼気《きき》迫《せま》る形相《ぎょうそう》だった。

「悪魔《あくま》のしわざだ。悪魔《あくま》の怒《いか》りに触《ふ》れたんだ……！」

「悪魔《あくま》の怒《いか》り……？」

健太《けんた》の背筋《せすじ》にゾクリと寒気《さむけ》が走《はし》る。

「阿久磨島《あくまじま》に伝《つた》わる伝説《でんせつ》の悪魔《あくま》のことですね？」

真実《しんじつ》が聞《き》くと、横川《よこかわ》の体《からだ》はビクリ！と大《おお》きくふるえた。

横川《よこかわ》の顔《かお》は青《あお》ざめ、ひたいには汗《あせ》がにじみはじめていた。

「……やつらが悪魔《あくま》に手《て》を出《だ》さなければ、こんなことにはならなかったんだ……」

「やつら？」

意外《いがい》な言葉《ことば》に、健太《けんた》は思《おも》わず身《み》をのりだす。横川《よこかわ》の話《はなし》はこうだった。

10年前《ねんまえ》、突然《とつぜん》「阿久磨島《あくまじま》」に30人《にん》ほどの男女《だんじょ》が訪《おとず》れ、島《しま》の住人《じゅうにん》にこう告《つ》げた。

「この島《しま》には悪魔《あくま》がいる。作物《さくもつ》が実《みの》らず島《しま》が貧《まず》しいのは、すべて悪魔《あくま》の呪《のろ》いのせいだ。我々《われわれ》は悪魔《あくま》を封印《ふういん》し、この島《しま》に恵《めぐ》みを取《と》り戻《もど》すためにやってきた」

そうして、やつらは島《しま》の奥地《おくち》に建物《たてもの》をつくり、封印《ふういん》の祈《いの》りを捧《ささ》げはじめたのだ。

島《しま》の者《もの》たちは、やつらのことを「教団《きょうだん》」と呼《よ》んだ。

やがて、島《しま》に変化《へんか》が表《あらわ》れた。

育《そだ》ちが悪《わる》かった田《た》んぼの稲《いね》や畑《はたけ》の作物《さくもつ》が、豊《ゆた》かに実《みの》るようになったのだ。

「それじゃあ、悪魔《あくま》の呪《のろ》いは封印《ふういん》されたの？」

美希《みき》の言葉《ことば》に、横川《よこかわ》は青《あお》ざめた顔《かお》を左右《さゆう》に振《ふ》った。

「いや、違《ちが》う。２年前《ねんまえ》のある日《ひ》、やつらが言《い》った。悪魔《あくま》の力《ちから》がどんどん強《つよ》くなっている……これ以上《いじょう》、呪《のろ》いを封《ふう》じ続《つづ》けることはできない、とな。それから島《しま》には恐《おそ》ろしいことが起《お》こりはじめた……」

真実《しんじつ》は目《め》を細《ほそ》めた。

「いったい何《なに》が起《お》きたんです？」

横川《よこかわ》は全身《ぜんしん》をガタガタとふるわせ、苦《くる》しそうに頭《あたま》を抱《かか》えた。

「……恐《おそ》ろしい……恐《おそ》ろしいことが次々《つぎつぎ》に！」

横川《よこかわ》の異様《いよう》なようすに、健太《けんた》と美希《みき》は思《おも》わず顔《かお》を見合《みあ》わせた。

「呪《のろ》いを封《ふう》じるには、一緒《いっしょ》に天《てん》に祈《いの》るしかない――やつらの言葉《ことば》にみんなは従《したが》った。そのとき……消《き》えたんだ。島《しま》の仲間《なかま》も、やつらも、ひとり残《のこ》らず一瞬《いっしゅん》のうちに！」

横川《よこかわ》の呼吸《こきゅう》は荒《あら》く、その目《め》は見開《みひら》かれていた。

「一瞬《いっしゅん》のうちに、ひとり残《のこ》らず消《き》えた!?」

健太《けんた》がぼう然《ぜん》とつぶやく。

やがて横川《よこかわ》は笑《わら》いはじめた。

「ふふ……ふははは……悪魔《あくま》の怒《いか》りに触《ふ》れたんだよ。やつらが呪《のろ》いを封印《ふういん》しようだなんて、余計《よけい》なことをしたから、こんなことになっちまったのさ……ふははは」

真実《しんじつ》は横川《よこかわ》に一歩《いっぽ》近《ちか》づくと、真剣《しんけん》な表情《ひょうじょう》で訴《うった》えた。

「横川《よこかわ》さん。お願《ねが》いがあるんです。ぼくたちは阿久磨島《あくまじま》に行《い》って、真相《しんそう》を確《たし》かめたいんです。事件《じけん》のあった場所《ばしょ》まで案内《あんない》してもらえませんか?」

真実《しんじつ》の言葉《ことば》に、横川《よこかわ》の表情《ひょうじょう》が一変《いっぺん》する。

「島《しま》に渡《わた》りたいだと!?　何《なに》をバカなことを!」

健太《けんた》と美希《みき》は驚《おどろ》き、ビクリと肩《かた》をふるわせた。

「1年前《ねんまえ》……同《おな》じことを言《い》う男《おとこ》がやってきた。オレは止《と》めたがそいつは島《しま》に渡《わた》り、いまだに帰《かえ》ってこない。きっとそいつも悪魔《あくま》の怒《いか》りに触《ふ》れたんだ……。オレはいやだ……島《しま》には戻《もど》らねえぞ！」

「１年前《ねんまえ》、島《しま》に渡《わた》った男《おとこ》？　それってまさか……」

健太《けんた》は、ハッとして真実《しんじつ》を見《み》つめた。

真実《しんじつ》は、まっすぐ横川《よこかわ》を見《み》つめ続《つづ》けている。

「その人《ひと》、謎野快明《なぞのかいめい》という名前《なまえ》じゃなかったですか？」

「やめろ……！　その名前《なまえ》は聞《き》きたくない……。出《で》て行《い》け！　出《で》てってくれ！」

横川《よこかわ》はふたたび頭《あたま》をかかえ、全身《ぜんしん》をガタガタとふるわせていた。

しかたなく３人《にん》は資料館《しりょうかん》をあとにした。

「やっぱり父《とう》さんは阿久磨島《あくまじま》に渡《わた》っていたんだ」

「阿久磨島行《あくまじまゆ》きの船《ふね》を探《さが》そうよ。そしたら島《しま》に渡《わた》れるよ！」

真実《しんじつ》たちは足早《あしばや》に、島《しま》の港《みなと》へと向《む》かった。

だが、阿久磨島《あくまじま》に渡《わた》る船《ふね》はひとつもないという。

「お願《ねが》いします。島《しま》で降《お》ろしてもらうだけでいいんです」

真実《しんじつ》たちが必死《ひっし》に頼《たの》んでも、冷《つめ》たく断《ことわ》られるだけだった。

ザザザーン！

岩《いわ》に当《あ》たった波《なみ》が激《はげ》しくくだけちる。

郷土資料館《きょうどしりょうかん》で手《て》に入《い》れた観光《かんこう》マップによれば、今《いま》3人《にん》がいる場所《ばしょ》は、島《しま》の岬《みさき》の先端《せんたん》にある岩場《いわば》。阿久磨島《あくまじま》までの距離《きょり》はわずか3キロメートルだった。

目《め》の前《まえ》に広《ひろ》がる海《うみ》は、潮《しお》の流《なが》れが速《はや》く、あちこちで渦《うず》が巻《ま》いている。

「これじゃあ、泳《およ》いで渡《わた》るのもムリそうね……」

健太《けんた》も海《うみ》に向《む》かってくやしそうに叫《さけ》んだ。

「あ〜！　阿久磨島《あくまじま》は目《め》の前《まえ》なのに、どうすれば

いいんだよ～！」

阿久磨島《あくまじま》のまわりには霧《きり》が立《た》ち込《こ》め、島《しま》の姿《すがた》はよく見《み》えない。

まるで、霧《きり》の向《む》こうで悪魔《あくま》があざ笑《わら》っているかのようだった。

だが、真実《しんじつ》は霧《きり》の向《む》こうをじっと見《み》つめて言《い》った。

「父《とう》さんは横川《よこかわ》さんに案内《あんない》を断《ことわ》られたあと、阿久《あく》磨島《まじま》に渡《わた》ったんだ。きっと何《なに》か、島《しま》に渡《わた》る方法《ほうほう》があるはずだ」

そのとき、岩場《いわば》に子《こ》どもたちの明《あか》るい笑《わら》い声《ごえ》が響《ひび》いた。

見《み》ると、少《すこ》し離《はな》れた場所《ばしょ》で子《こ》どもたちがカニ捕《と》りをして遊《あそ》んでいた。

小学《しょうがく》1年生《ねんせい》くらいだろうか。みんな真《ま》っ黒《くろ》に日焼《ひや》けしている。

「この島《しま》の子《こ》たちみたいね」

やがて、子《こ》どもたちの楽《たの》しそうな歌声《うたごえ》が聞《き》こえてきた。

♪おそろし　悪魔《あくま》に会《あ》いたけりゃ
ウサギとカラスと　にらめっこ
ウサギは跳《は》ねる　カラスは落《お》ちる
それ見《み》て白蛇《しろへび》　大笑《おおわら》い
とっとと　背中《せなか》に乗《の》らなけりゃ
白蛇《しろへび》怒《おこ》って　海《うみ》の底《そこ》

「……恐《おそ》ろしい悪魔《あくま》!?」

その歌《うた》を聞《き》いた健太《けんた》の頭《あたま》に、何《なに》かがひらめいた。

「どうかしたの？　健太《けんた》くん」

「ちょっと話《はなし》を聞《き》いてくる！」

言《い》うなり、健太《けんた》は子《こ》どもたちのほうへ駆《か》け出《だ》した。

「ねえ、今《いま》の歌《うた》、誰《だれ》に教《おそ》わったの？」

健太《けんた》が声《こえ》をかけると、子《こ》どもたちは振《ふ》り向《む》いた。

「ばあちゃんに教《おそ》わったんだ」

「おれはじいちゃん」

「この島《しま》に昔《むかし》から伝《つた》わる歌《うた》なんだって」

答《こた》えを聞《き》いた健太《けんた》の目《め》がキラリと光《ひか》る。

「やっぱりそうか！　ありがとう！」

子《こ》どもたちにお礼《れい》を言《い》うと、健太《けんた》は急《いそ》いで真実《しんじつ》たちのところへ戻《もど》った。

「ねえねえ！『おそろし　悪魔《あくま》に会《あ》いたけりゃ』ってさっきの歌《うた》、もしかしたら、阿久磨《あくま》島《じま》へ渡《わた》る秘密《ひみつ》が隠《かく》されてるんじゃない!?」

「も～！　いきなり何《なに》を言《い》いはじめるのかと思《おも》ったら、またそんなマンガみたいな話《はなし》？」

美希《みき》があきれたように口《くち》をとがらす。

「だってほら、都市伝説《としでんせつ》でもあるでしょ？　『かごめかごめ』は、江戸時《えどじ》代《だい》に罪人《ざいにん》の首《くび》を切《き》るときにうたわれた歌《うた》だとか、『とおりゃんせ』は飢饉《ききん》で苦《くる》しんだ人《ひと》たちをうたった歌《うた》だとか。わらべ歌《うた》には深《ふか》い意味《いみ》が隠《かく》されてるかもしれないんだよ」

健太《けんた》の言葉《ことば》に真実《しんじつ》がうなずいた。

「確《たし》かに、調《しら》べてみる価値《かち》はあるかもしれない」

「えっ、真実《しんじつ》くんまで!?」

美希《みき》のとがった口《くち》が引《ひ》っ込《こ》む。

「わらべ歌《うた》は、『伝承童謡《でんしょうどうよう》』といって、古《ふる》い文化《ぶんか》や歴史《れきし》をもとにして生《う》まれたものも多《おお》い。もしかしたら父《とう》さんも、この島《しま》のどこかで今《いま》の歌《うた》を聞《き》いたのかも」

「ほ〜らね！　ぼくの耳《みみ》のつけどころ……違《ちが》った、目《め》のつけどころもなかなかのものでしょ？」

わらべ歌《うた》の伝承《でんしょう》
「かごめかごめ」は、神《かみ》のお告《つ》げを聞《き》くための儀式《ぎしき》から生《う》まれたという説《せつ》が有力《ゆうりょく》だが、埋蔵《まいぞう》金《きん》のありかを示《しめ》したなど、さまざまな説《せつ》がある。「とおりゃんせ」は、お城《しろ》の中《なか》にある神《じん》社《じゃ》にお参《まい》りする風習《ふうしゅう》をうたったという説《せつ》や、関所《せきしょ》のことを指《さ》したという説《せつ》が有力《ゆうりょく》だ。

健太《けんた》は得意《とくい》そうにニンマリした。

真実《しんじつ》は今聞《いまき》いたわらべ歌《うた》を紙《かみ》に書《か》き出《だ》した。

「問題《もんだい》は『にらめっこするウサギとカラス』。そして『大笑《おおわら》いする白蛇《しろへび》』。これらが何《なに》を表《あらわ》しているかだ」

「う～ん。この島《しま》のどこかに、ウサギとカラスと白蛇《しろへび》がいるとか？」

健太《けんた》の言葉《ことば》に、美希《みき》はハッと顔《かお》をあげた。

「もしかして、ウサギ・カラス・白蛇《しろへび》っていう文字《もじ》が入《はい》った場所《ばしょ》があるんじゃない⁉」

真実《しんじつ》が開《ひら》いた島《しま》の地図《ちず》を3人《にん》でのぞき込《こ》む。

「え～と、カラス、カラス、カラス……」

「健太《けんた》くん、黙《だま》って探《さが》せないの？　ウサギ、ウサギ、ウサギ……」

「あっ、あったよ！　ほらここ！」

健太《けんた》が指《ゆび》さした先《さき》には「大烏神社《おおからすじんじゃ》」と書《か》かれていた。

町《まち》から少《すこ》し離《はな》れた山《やま》の中《なか》にあるようだ。

真実《しんじつ》は、健太《けんた》と美希《みき》の顔《かお》を見《み》て言《い》った。

「この場所《ばしょ》に行《い》ってみよう。わらべ歌《うた》のナゾを解《と》く手《て》がかりがあるかもしれない」


コケだらけの長《なが》い石段《いしだん》を上《のぼ》った先《さき》に、朱塗《しゅぬ》りの鳥居《とりい》があった。

「ふ〜。ようやくいちばん上《うえ》に着《つ》いた〜！」

鳥居《とりい》をくぐると、木《き》が生《お》い茂《しげ》った境内《けいだい》に、一対《いっつい》の狛犬《こまいぬ》と小《ちい》さな本殿《ほんでん》が立《た》っていた。

あたりにひとけはなく、ひっそりと静《しず》まりかえっている。

「誰《だれ》もいないみたいね」

「手分《てわ》けして境内《けいだい》を探《さが》そう。カラスやウサギ、白蛇《しろへび》に関係《かんけい》するものがないかどうか」

真実《しんじつ》の提案《ていあん》で3人《にん》は分《わ》かれて調《しら》べはじめた。

「お〜い！　カラス、ウサギ、白蛇《しろへび》〜！　いるならおとなしく出《で》てこ〜い！」

「どこかに、石像《せきぞう》とかがあったりしないかしら？」

しかし、手《て》がかりは見《み》つからない。

カァー　カァー　カァー

木々《きぎ》のあいだから見《み》えるオレンジ色《いろ》の空《そら》に、カラスの鳴《な》き声《ごえ》がさびしげに響《ひび》いた。

そのとき、本殿《ほんでん》を調《しら》べていた真実《しんじつ》が、あるものに気《き》づいた。

賽銭箱《さいせんばこ》の上《うえ》の柱《はしら》に「大鳥神社《おおからすじんじゃ》」と書《か》かれた額《がく》がかけられている。

その額《がく》をよく見《み》ると、雨風《あめかぜ》にさらされ、ほとんど消《き》えかかっていたが、太陽《たいよう》に向《む》かって羽《は》ばたくカラスの姿《すがた》が描《えが》かれていたのだ。

「カラス……それに太陽《たいよう》。そうか、そうか、そういうことだったのか」

霧《きり》が晴《は》れていくように、真実《しんじつ》の脳裏《のうり》で、わらべ歌《うた》のナゾが解《と》けていく。

「わかったよ。ウサギとカラスの正体《しょうたい》が」

「ええっ、ホントに!?」

健太《けんた》と美希《みき》は、あわてて真実《しんじつ》のもとに駆《か》け寄《よ》った。

「あの絵《え》を見《み》てごらん」

真実《しんじつ》は、カラスと太陽《たいよう》が描《えが》かれた額《がく》を指《ゆび》さした。

「日本《にほん》では昔《むかし》、カラスは太陽《たいよう》の象徴《しょうちょう》と考《かんが》えられていたんだ」

「あ、それって聞《き》いたことがある！　日本《にほん》の神話《しんわ》に出《で》てくる、３本足《ぼんあし》の『八咫烏《やたがらす》』でしょ？」

美希《みき》の言葉《ことば》に真実《しんじつ》はうなずいた。

「そう。つまり、あのわらべ歌《うた》の『カラス』が表《あらわ》していたのは、地名《ちめい》や場所《ばしょ》じゃなくて、太陽《たいよう》だったんだ」

「カラスは太陽《たいよう》……？　っていうことは、ウサギは？」

考《かんが》えこむ健太《けんた》に、真実《しんじつ》はほほえんでみせた。

「簡単《かんたん》な推理《すいり》さ。何《なん》だと思《おも》う？」

あっ！と笑顔《えがお》が広《ひろ》がる健太《けんた》。何《なに》かを思《おも》いついたようだ。

「わかった！　月《つき》だ！　月《つき》にはウサギがいるっていうからね」

八咫烏《やたがらす》

日本神話《にほんしんわ》で神武天皇《じんむてんのう》の道案内《みちあんない》をしたといわれる、太陽《たいよう》の化身《けしん》のカラス。３本足《ぼんあし》の姿《すがた》で描《えが》かれることが多《おお》い。また、中国《ちゅうごく》にも、太陽《たいよう》の中《なか》に３本足《ぼんあし》のカラスがいるという伝説《でんせつ》がある。ちなみに、八咫烏《やたがらす》は、日本《にほん》サッカー協会《きょうかい》のシンボルマークにもなっている。

得意《とくい》そうな健太《けんた》の横《よこ》で、美希《みき》はわらべ歌《うた》を口《くち》ずさんだ。

♪おそろし　悪魔《あくま》に会《あ》いたけりゃ
ウサギとカラスと　にらめっこ

「……ウサギが月《つき》で、カラスが太陽《たいよう》なら、月《つき》と太陽《たいよう》がにらめっこってことよね。それってどういう意味《いみ》かしら？」

すると、健太《けんた》は得意《とくい》そうに胸《むね》を張《は》って言《い》った。

「ほら。昼間《ひるま》の空《そら》に、うっすら月《つき》が浮《う》かんで見《み》えるときがあるでしょ？　きっとそのことを指《さ》してるんだよ」

「でも、それっておかしくない？」

美希《みき》はグイッと自分《じぶん》の顔《かお》を健太《けんた》の顔《かお》に近《ちか》づけた。

「にらめっこっていうのは、こうして、顔《かお》と顔《かお》をつきあわせてするものでしょ？　太陽《たいよう》と月《つき》が、そんなふうに向《む》かい合《あ》ってるところなんて見《み》たこと

月《つき》のウサギ

月《つき》の模様《もよう》を何《なに》にたとえるかは、国《くに》によって違《ちが》う。日本《にほん》などの東《ひがし》アジアでは、もちをつくウサギ、アメリカでは人《ひと》の顔《かお》、ヨーロッパでは、カニや、木《き》の枝《えだ》を背負《せお》った老人《ろうじん》、インドではふたつの手《て》と言《い》われている（諸説《しょせつ》あり）。キミは何《なに》に見《み》える？

ある？」

「言《い》われてみれば……う〜ん……」

さっきまでの自信《じしん》はどこへやら。健太《けんた》は困《こま》り顔《がお》だ。

そのとき、真実《しんじつ》が腕時計《うでどけい》に目《め》をやった。時刻《じこく》は夕方《ゆうがた》5時《じ》を指《さ》している。

「たしか今日《きょう》は満月《まんげつ》だったはずだ。だとすると、今《いま》から向《む》かい合《あ》う太陽《たいよう》と月《つき》が見《み》られるかもしれない」

「ええっ、今《いま》から!?」

足早《あしばや》に長《なが》い石段《いしだん》を下《お》りる3人《にん》。

その中《なか》ほどに、小《ちい》さな展望《てんぼう》スペースがあった。目《め》の前《まえ》をさえぎる木《き》がなく、島《しま》の景色《けしき》を一望《いちぼう》することができるようだ。

「あっ！　夕日《ゆうひ》が見《み》えるよ！」

駆《か》け込《こ》んだ健太《けんた》は、西《にし》の空《そら》を指《ゆび》さした。

水平線《すいへいせん》の近《ちか》くに、オレンジ色《いろ》に輝《かがや》く大《おお》きな夕日《ゆうひ》が浮《う》かんでいた。

「うわ～！　きれい！」

思《おも》わず歓声《かんせい》をあげる美希《みき》。

「あれが太陽《たいよう》。つまりカラスだ。そして……」

真実《しんじつ》は、反対側《はんたいがわ》の東《ひがし》の空《そら》を指《ゆび》さした。

深《ふか》い青色《あおいろ》に染《そ》まった東《ひがし》の空《そら》の水平線《すいへいせん》には、なんと、ぽっかりと大《おお》きな満月《まんげつ》が浮《う》かんでいたのである。


「ああっ！　太陽《たいよう》と月《つき》が向《む》かい合《あ》ってる⁉」


驚《おどろ》きの声《こえ》をあげる健太《けんた》。

「月《つき》が空《そら》にのぼる時刻《じこく》や位置《いち》は、毎日少《まいにちすこ》しずつ変化《へんか》している。満月《まんげつ》のころ、月《つき》は太陽《たいよう》が西《にし》の空《そら》に沈《しず》むのと同《おな》じころに、反対《はんたい》の東《ひがし》の空《そら》からのぼりはじめるん

だ。町《まち》の中《なか》にいると、建物《たてもの》に隠《かく》れてなかなか見《み》えないけどね」

真実《しんじつ》の言葉《ことば》に、美希《みき》は大《おお》きくうなずいた。

「西《にし》の空《そら》と東《ひがし》の空《そら》で、太陽《たいよう》と月《つき》が本当《ほんとう》ににらめっこしてるみたい！」

「これがウサギとカラスのにらめっこ……じゃあ、その次《つぎ》の歌詞《かし》の意味《いみ》は？」

健太《けんた》が腕《うで》を組《く》んで考《かんが》える。

♪ウサギは跳《は》ねる　カラスは落《お》ちる
それ見《み》て白蛇《しろへび》　大笑《おおわら》い
とっとと　背中《せなか》に乗《の》らなけりゃ
白蛇《しろへび》怒《おこ》って　海《うみ》の底《そこ》

真実《しんじつ》は言葉《ことば》を続《つづ》けた。

「跳《は》ねるウサギは、これから空《そら》にのぼる月《つき》。落《お》ちるカラスは、海《うみ》に沈《しず》む夕日《ゆうひ》。つまり、日《ひ》が暮《く》れて夜《よる》になることを指《さ》しているんだろう」

「……ってことは、夜《よる》になると白蛇《しろへび》が現《あらわ》れるってこと？」

美希《みき》は不安《ふあん》そうに真実《しんじつ》を見《み》つめた。

「ああ。わらべ歌《うた》のナゾはすべて解《と》けたよ。満月《まんげつ》の今晩《こんばん》、さっきぼくらがいた場所《ばしょ》……阿久《あく》磨島《まじま》にいちばん近《ちか》い海岸《かいがん》に、白蛇《しろへび》が現《あらわ》れるはずだ」

「えっ！　ホントに!?　でも、笑《わら》ったり、背中《せなか》に乗《の》れたりするほど大《おお》きな白蛇《しろへび》なんて、いるのかな？」

健太《けんた》は腕《うで》を組《く》んで必死《ひっし》に考《かんが》えたが、やっぱりわからない。

「おそろし悪魔《あくま》に会《あ》いたけりゃ……わらべ歌《うた》が正《ただ》しければ、白蛇《しろへび》が、ぼくたちを阿久磨島《あくまじま》まで連《つ》れていってくれるよ」

そう言《い》うと真実《しんじつ》は、キラキラと夕日《ゆうひ》に輝《かがや》く海《うみ》を見《み》つめた。

はたして、わらべ歌《うた》の「白蛇《しろへび》」とは何《なに》を指《さ》しているのか？

満月《まんげつ》の日《ひ》のあたりに
起《お》こる自然現象《しぜんげんしょう》が
関係《かんけい》しているよ

解《かい》決《けつ》編《へん》

パチッ　パチパチッ

たき火の炎《ほのお》が夜風《よかぜ》に揺《ゆ》れて、火《ひ》の粉《こ》が舞《ま》った。

そこは、昼間《ひるま》、島《しま》の子《こ》どもたちのわらべ歌《うた》を聞《き》いた岩場《いわば》だった。

真実《しんじつ》たちは、白蛇《しろへび》が現《あらわ》れる時刻《じこく》まで、海《うみ》の手前《てまえ》の岩陰《いわかげ》で過《す》ごすことにしたのだ。

「そろそろ時間《じかん》だ」

真実《しんじつ》は、炎《ほのお》を囲《かこ》む健太《けんた》と美希《みき》に告《つ》げた。

時刻《じこく》は真夜中《まよなか》の0時《じ》。あたりは闇《やみ》に包《つつ》まれている。

「この時間《じかん》に白蛇《しろへび》が姿《すがた》を現《あらわ》すんだよね？」

健太《けんた》の言葉《ことば》に真実《しんじつ》はうなずいた。

「ああ。海《うみ》のほうへ行《い》ってみよう」

3人《にん》は懐中電灯《かいちゅうでんとう》を取《と》り出《だ》すと、足元《あしもと》を照《て》らし、岩場《いわば》の先《さき》へと向《む》かった。


しばらく進《すす》むと、不意《ふい》に美希《みき》が足《あし》を止《と》めた。

「ねえ……なんだかヘンな声《こえ》が聞《き》こえない？」

「えっ、声《こえ》!?」

健太《けんた》は耳《みみ》に手《て》を当《あ》てた。

すると、聞《き》こえた。


グポポポ……グポポポポ……


海《うみ》のほうから、ぶきみな音《おと》が響《ひび》いてくる。

「なんだか、誰《だれ》かが笑《わら》ってるみたい……」

美希《みき》の言葉《ことば》に、健太《けんた》はハッと顔《かお》をあげた。

「もしかして……白蛇《しろへび》の笑《わら》い声《ごえ》!?」

健太《けんた》と美希《みき》は、岩場《いわば》の先端《せんたん》から、暗闇《くらやみ》に包《つつ》まれた海《うみ》を懐中電灯《かいちゅうでんとう》で照《て》らした。

「ああっ！」

ふたりは驚《おどろ》いて声《こえ》をあげる。

岩場《いわば》の先《さき》……昼間《ひるま》は海水《かいすい》が満《み》ちて波《なみ》が打《う》ち寄《よ》せていた場所《ばしょ》に、砂浜《すなはま》が広《ひろ》がっていたのだ。

「海《うみ》がなくなって砂浜《すなはま》になってる!?」

「見《み》て！　あそこ！」

美希《みき》が砂浜《すなはま》の先《さき》を指《ゆび》さした。

30メートルほど先《さき》に、巨大《きょだい》な白《しろ》い岩《いわ》が姿《すがた》を現《あらわ》していた。

まるで、ヘビの頭《あたま》のような三角《さんかく》の形《かたち》、岩肌《いわはだ》にあいた大《おお》きなふたつの穴《あな》が、こちらを見《み》つめる目《め》のように見《み》えた。

「あれが……白蛇《しろへび》!?」

健太《けんた》は息《いき》をのんだ。


グポポポポ……グポポポポ……


白《しろ》い岩《いわ》に波《なみ》が寄《よ》せるたび、ふたつの穴《あな》に海水《かいすい》が吸《す》い込《こ》まれて、ぶきみな音《おと》を発《はっ》している。

「わらべ歌《うた》のとおりだわ。白蛇《しろへび》が笑《わら》ってる！」

「でも、どうして？　あの白《しろ》い岩《いわ》も、この広《ひろ》い砂浜《すなはま》も、昼間《ひるま》に来《き》たときはなかったはずだよ？」

健太《けんた》が聞《き》くと、真実《しんじつ》は小《ちい》さくうなずいた。

「今日《きょう》は特別《とくべつ》な日《ひ》だったのさ。1年《ねん》でもっとも海《うみ》の水位《すいい》が下《さ》がるっていうね」

「1年《ねん》でもっとも海《うみ》の水位《すいい》が下《さ》がる日《ひ》……？」

健太《けんた》がつぶやいたそのときだった。

風《かぜ》がやみ、一瞬《いっしゅん》、海《うみ》の動《うご》きが止《と》まったかのように感《かん》じた。

そして次《つぎ》の瞬間《しゅんかん》……。

サーーッと静《しず》かに波《なみ》が引《ひ》くと、海《うみ》の中《なか》から、「白《しろ》い道《みち》」が姿《すがた》を現《あらわ》しはじめたのである。


「あっ！　海《うみ》の上《うえ》に道《みち》ができていく！」


美希《みき》が叫《さけ》んだ。

それは、白《しろ》く、細《ほそ》い砂浜《すなはま》の道《みち》だった。

巨大《きょだい》な白《しろ》い岩《いわ》のもとから、うねるように沖《おき》に向《む》かって続《つづ》いている。

その光景《こうけい》は、ゆうゆうと海《うみ》を泳《およ》ぐ巨大《きょだい》な白蛇《しろへび》の姿《すがた》そのものだった。

「すごい……信《しん》じられない……！」

健太《けんた》は、まばたきすることさえ忘《わす》れてつぶやいた。

「1年《ねん》にたった1度《ど》、真夜中《まよなか》に姿《すがた》を現《あらわ》す阿久磨島《あくまじま》への道《みち》だよ。きっと、この現《げん》象《しょう》を知《し》った昔《むかし》の人《ひと》が歌《うた》にして語《かた》り継《つ》いだんだ」

しかし、健太《けんた》にはわからないことがいろいろあった。

「ねえ、さっき1年《ねん》でもっとも海《うみ》の水位《すいい》が下《さ》がる特別《とくべつ》な日《ひ》って言《い》ってたよね？それってどういうことなの？」

「海《うみ》の水《みず》は、つねに月《つき》の引力《いんりょく》によって引《ひ》っ張《ぱ》られているんだ。地球上《ちきゅうじょう》で、月《つき》

に向《む》いている面《めん》は、海水《かいすい》が上《うえ》に引《ひ》っ張《ば》られて水位《すいい》が高《たか》くなる。これが満《み》ち潮《しお》だ」

「へ～！　海《うみ》の水《みず》を引《ひ》っ張《ば》ってるだなんて、月《つき》の引力《いんりょく》ってすごいんだね！」

健太《けんた》は感心《かんしん》して思《おも》わず声《こえ》をあげた。

「さらに、満月《まんげつ》のころには、これに太陽《たいよう》の引力《いんりょく》も加《くわ》わる」

「太陽《たいよう》の引力《いんりょく》？」

「満月《まんげつ》のころは、地球《ちきゅう》をはさんで、月《つき》と太陽《たいよう》が一直線《いっちょくせん》に並《なら》んだ。つまり、片《かた》方《ほう》からは月《つき》の引力《いんりょく》が、もう片方《かたほう》からは太《たい》陽《よう》の引力《いんりょく》が、それぞれ海水《かいすい》を引《ひ》っ張《ば》ることになる。だからふだんよりも大《おお》きな力《ちから》で引《ひ》っ張《ば》られ、水位差《すいいさ》が大《おお》きくなるん

だ。このときが『大潮《おおしお》』さ」

　そこまで聞《き》いて、健太《けんた》はハッとした。

「そうか！　今日《きょう》の夕方《ゆうがた》、東《ひがし》と西《にし》の空《そら》に月《つき》と太陽《たいよう》が向《む》き合《あ》って浮《う》かんでいたということは、今日《きょう》は大潮《おおしお》の日《ひ》なんだね」

「そう。なかでも、冬《ふゆ》から春《はる》にかけての満月《まんげつ》のころは、月《つき》と地球《ちきゅう》と太陽《たいよう》のずれが少《すく》なく、ぴったり一直線《いっちょくせん》に並《なら》ぶんだ。だから引力《いんりょく》が強《つよ》く働《はたら》いて、1年《ねん》の中《なか》でも、海《うみ》の水位《すいい》が低《ひく》くなるんだ。そして、もっとも低《ひく》くなるのが今日《きょう》というわけさ」

「なるほど～！　だから海《うみ》に道《みち》が現《あらわ》れたんだね」

大潮《おおしお》の日《ひ》

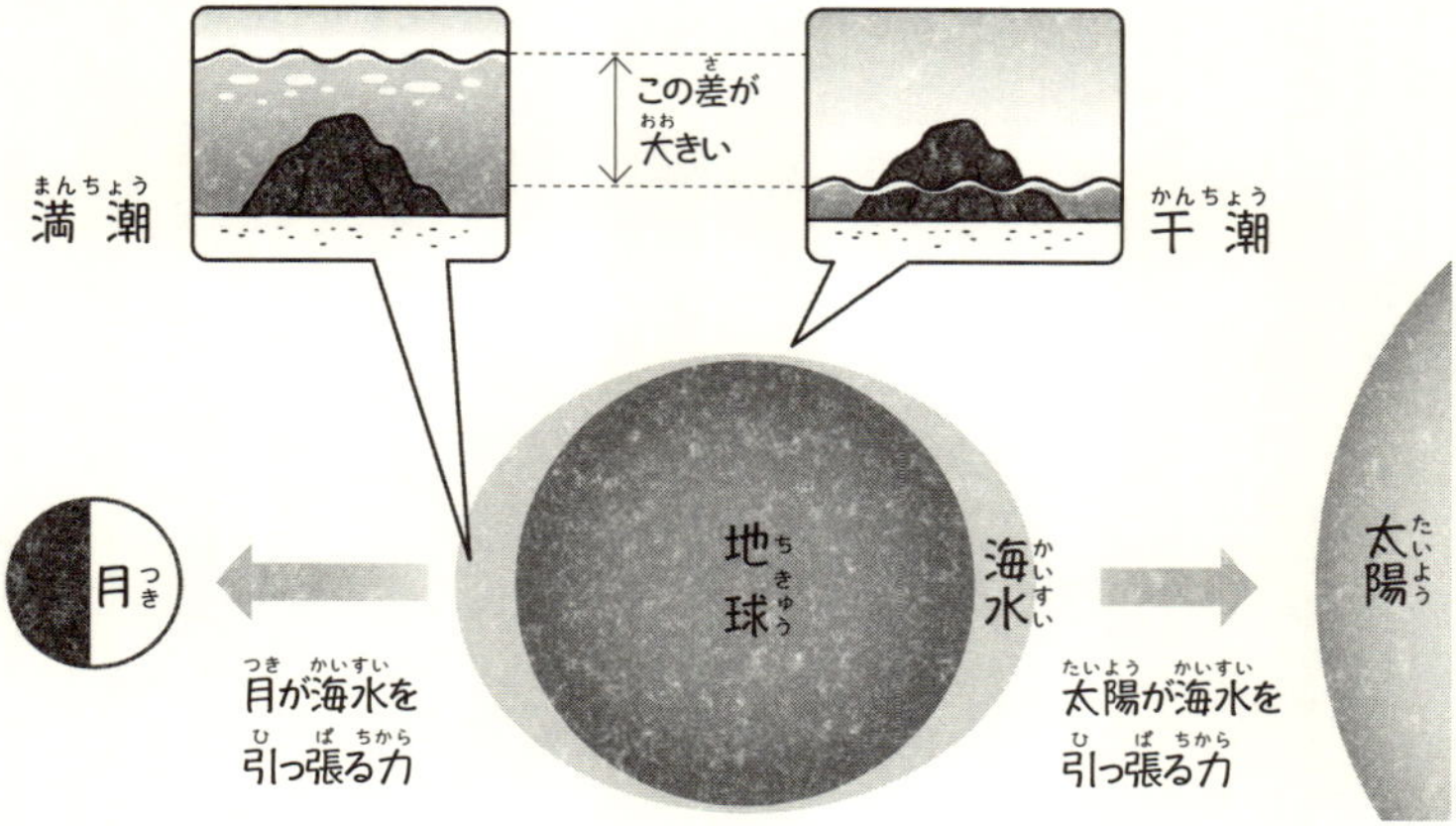

健太《けんた》が大《おお》きくうなずく横《よこ》で、美希《みき》がわらべ歌《うた》の続《つづ》きを口《くち》ずさんだ。

♪とっとと　背中《せなか》に乗《の》らなけりゃ
　白蛇《しろへび》怒《おこ》って　海《うみ》の底《そこ》

「ねえ、急《いそ》いであの砂浜《すなはま》を渡《わた》らないと、すぐに海《うみ》の底《そこ》に消《き》えちゃうんじゃない？」

「美希《みき》さんの言《い》うとおりだ。潮《しお》が満《み》ちてくる前《まえ》に、急《いそ》いで阿久磨島《あくまじま》へ渡《わた》ろう」

３人《にん》は岩場《いわば》を下《お》り、砂浜《すなはま》の上《うえ》を走《はし》りはじめた。

阿久磨島《あくまじま》までの距離《きょり》は３キロメートル。

やがて、闇《やみ》の向《む》こうに「阿久磨島《あくまじま》」のシルエットが浮《う》かび上《あ》がってきた。

「あれを見《み》て！」

健太《けんた》の声《こえ》に立《た》ち止《ど》まり、３人《にん》は島影《しまかげ》を見上《みあ》げた。

悪魔《あくま》のツノのように、ふたつの高《たか》い山《やま》がそびえ立《た》つぶきみな姿《すがた》。

島《しま》に近《ちか》づく者《もの》を、じっと見下《みお》ろしているかのようだ。

「これが阿久磨島《あくまじま》……」


健太《けんた》は思《おも》わず身《み》ぶるいした。

「本当《ほんとう》に悪魔《あくま》が棲《す》んでるみたい……」

いつもは強気《つよき》な美希《みき》の声《こえ》も、かすかにふるえていた。

しかし、真実《しんじつ》はひるむことなく、まっすぐ島《しま》を見《み》つめていた。

「行《い》こう。阿久磨島《あくまじま》のナゾを解《と》き明《あ》かして、父《とう》さんを助《たす》けるんだ」

3人《にん》は、ふたたび島《しま》へと続《つづ》く砂浜《すなはま》を走《はし》りはじめた。

I

SCIENCE TRICK DATA FILE

科学《かがく》トリック データファイル

海上《かいじょう》に現《あらわ》れる奇跡《きせき》の道《みち》

潮《しお》が引《ひ》いたときに、陸地《りくち》と沖合《おきあい》の島《しま》を結《むす》ぶ砂《すな》の道《みち》が現《あらわ》れる現象《げんしょう》を、「トンボロ現象《げんしょう》」と呼《よ》んでいます。とてもめずらしい現象《げんしょう》ですが、日本《にほん》には、この現象《げんしょう》が見《み》られる場所《ばしょ》がいくつかあります。

Q.島《しま》と島《しま》のあいだに、砂《すな》が溜《た》まったってこと？

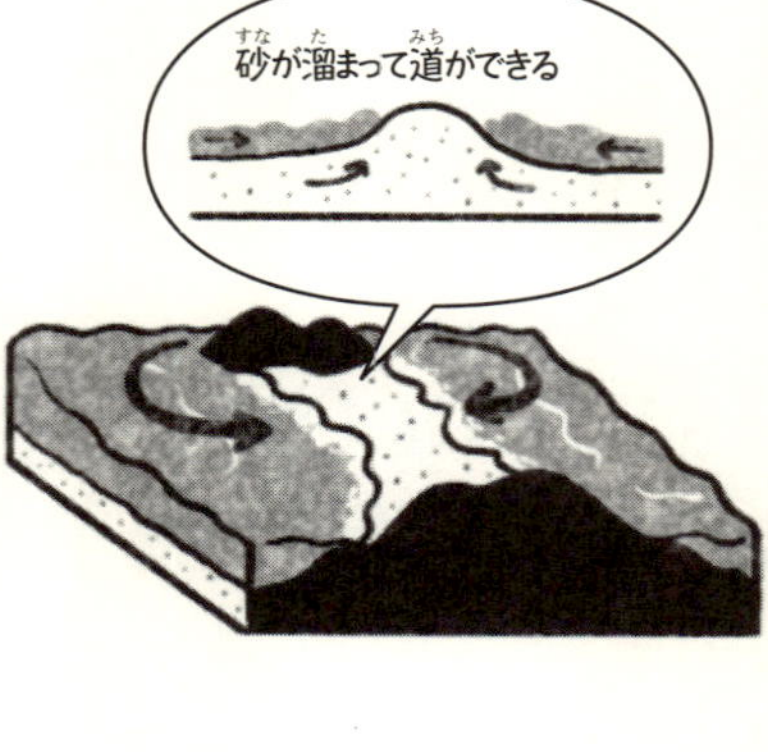
砂《すな》が溜《た》まって道《みち》ができる

島《しま》どうしが近《ちか》くにあると、島《しま》のあいだにある海《うみ》で左《さ》右《ゆう》から来《き》た波《なみ》がぶつかる。すると、波《なみ》が運《はこ》んできた砂《すな》がその場所《ばしょ》に溜《た》まっていき、トンボロ現象《げんしょう》が起《お》こる。

堂《どう》ケ島《がしま》（静岡県西伊豆町《しずおかけんにしいずちょう》）のトンボロ現象《げんしょう》。潮位《ちょうい》（基準面《きじゅんめん》から測《はか》った海面《かいめん》の高《たか》さ）が30㎝以下《いか》になったときだけ現《あらわ》れる。

小豆島《しょうどしま》（香川県《かがわけん》）の、通称《つうしょう》「エンジェルロード」。干潮時《かんちょうじ》に、大小《だいしょう》四《よっ》つの島《しま》をつなぐ砂《すな》の道《みち》が現《あらわ》れる。

A.長《なが》い年月《ねんげつ》で、
陸続《りくつづ》きに
なることもあるよ

黒《くろ》い怪物《かいぶつ》

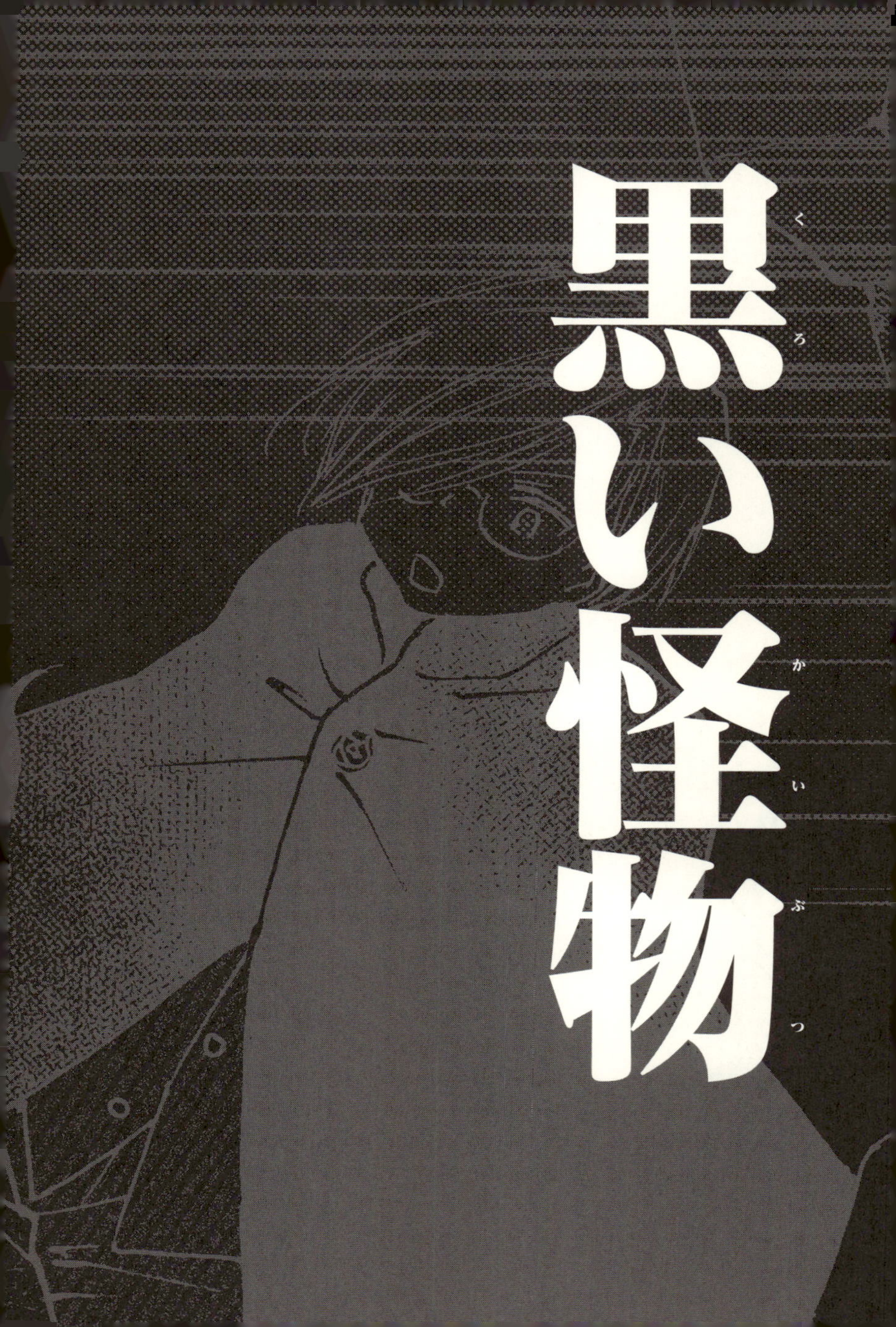

消滅《しょうめつ》した島《しま》2

事《じ》件《けん》編《へん》

「健太《けんた》くん起《お》きて！　たいへんよ！」

緊迫《きんぱく》した美希《みき》の声《こえ》で健太《けんた》は目《め》を覚《さ》ました。

そこは小《ちい》さな小屋《こや》の中《なか》だった。壁《かべ》にかかった漁《りょう》の網《あみ》が朝日《あさひ》に照《て》らされている。

昨夜《さくや》、ついに「阿久磨島《あくまじま》」に上陸《じょうりく》した健太《けんた》たち3人《にん》は、ひとまず朝《あさ》を待《ま》とうと、海岸《かいがん》に立《た》っていた漁師小屋《りょうしごや》で一夜《いちや》を明《あ》かしたのだ。

「どうしたの？　何《なに》かあったの!?」

跳《は》ね起《お》き、小屋《こや》の外《そと》に飛《と》び出《だ》した健太《けんた》の目《め》に、立《た》ちつくす真実《しんじつ》と美希《みき》の姿《すがた》が飛《と》び込《こ》んできた。美希《みき》のくちびるは、かすかにふるえている。

「ゆうべは気《き》がつかなかったけど……なんだかようすがヘンなの」

美希《みき》が指《ゆび》さす先《さき》を見《み》て、健太《けんた》は目《め》を疑《うたが》った。

「そんな……いったい、どういうこと!?」

目《め》の前《まえ》に広《ひろ》がる海《うみ》が、血《ち》のように真《ま》っ赤《か》に染《そ》まっていたのだ。

しかも不思議《ふしぎ》なことに、海《うみ》が赤《あか》いのは、阿久磨島《あくまじま》のまわりだけだった。

遠《とお》くの水面《すいめん》はきれいな青色《あおいろ》なのに、島《しま》から200メートルほどのところから突然《とつぜん》色《いろ》が変《か》わり、健太《けんた》たちのいる砂浜《すなはま》には、ぶきみな赤色《あかいろ》の波《なみ》が打《う》ち寄《よ》せている。

健太《けんた》の脳裏《のうり》に、昨日《きのう》出会《であ》った横川《よこかわ》の言葉《ことば》が浮《う》かんだ。

「……恐《おそ》ろしい……恐《おそ》ろしいことが次々《つぎつぎ》に！」

健太《けんた》の背筋《せすじ》にゾクリと寒気《さむけ》が走《はし》る。

「……もしかして、これって悪魔《あくま》の呪《のろ》いのせい？」

健太《けんた》がおそるおそる口《くち》にすると、真実《しんじつ》はゆっくりと首《くび》を振《ふ》った。

「これは赤潮《あかしお》という自然現象《しぜんげんしょう》さ。ある種類《しゅるい》のプランクトンが大量《たいりょう》に発生《はっせい》すると起《お》きるんだ。増《ふ》えすぎたプランクトンが魚《さかな》のエラに張《は》りついたり、酸素不足《さんそぶそく》になったりして、魚《さかな》が呼吸《こきゅう》できなくなり、大量《たいりょう》に死《し》んでしまうこともある」

「でも、どうしてこの島《しま》のまわりだけ？」

海岸《かいがん》を見渡《みわた》し、美希《みき》が不安《ふあん》そうにつぶやく。

「それはわからない。でもきっと、何《なに》か理由《りゆう》があるはずだ」

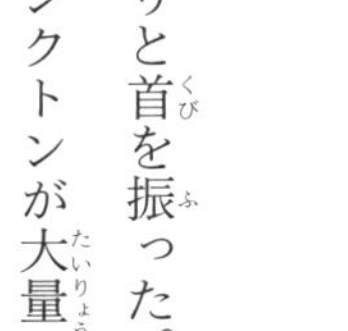

プランクトン

もともとはギリシャ語《ご》で「漂《ただよ》うもの」という意味《いみ》で、水《みず》の中《なか》でふわふわと漂《ただよ》うように暮《く》らしている生《い》き物《もの》のことを指《さ》す。小《ちい》さなものが多《おお》いが、実《じつ》は、クラゲもプランクトンの一種《いっしゅ》。

そう言《い》うと真実《しんじつ》は振《ふ》り向《む》き、緑《みどり》の木々《きぎ》の向《む》こうにそびえる、ふたつの山《やま》を見《み》つめた。

「島《しま》の中《なか》を調《しら》べてみよう」

海岸《かいがん》には、島《しま》の中《なか》へと続《つづ》く細《ほそ》い道《みち》があった。

道《みち》は、うっそうと木《き》が生《お》い茂《しげ》った林《はやし》に続《つづ》いていた。

5分《ふん》ほど歩《ある》くと林《はやし》を抜《ぬ》け、パッと景色《けしき》が開《ひら》けた。

思《おも》わず健太《けんた》が声《こえ》をあげる。

「あっ！　家《いえ》があるよ！」

畑《はたけ》の向《む》こうに、十数軒《じゅうすうけん》の民家《みんか》が並《なら》ぶ村《むら》が見《み》えた。

だが、その村《むら》は異様《いよう》な雰囲気《ふんいき》に包《つつ》まれていた。

雑草《ざっそう》に覆《おお》われた畑《はたけ》。

村《むら》には人《ひと》の姿《すがた》が見《み》えず、ひっそりと静《しず》まりかえっている。

美希《みき》は思《おも》わず息《いき》をのむ。

「本当《ほんとう》に、島《しま》の人《ひと》たちはみんな消《け》されてしまったの……？」

「もしかしたら、まだ残《のこ》ってる人《ひと》がいるかもしれないよ！　行《い》ってみよう！」

そう言《い》うと、健太《けんた》は村《むら》に向《む》かって駆《か》け出《だ》した。

「お～い！　誰《だれ》かいませんか～！」

「いたら返事《へんじ》をしてくださーい」

健太《けんた》たちは大《おお》きな声《こえ》をあげながら村《むら》の中《なか》を歩《ある》いた。

しかし、村《むら》は静《しず》まりかえったままだった。

「家《いえ》の中《なか》を調《しら》べてみよう。何《なに》か手《て》がかりが見《み》つかるかもしれない」

真実《しんじつ》はそう言《い》うと、１軒《けん》の家《いえ》に近《ちか》づいた。

「なんだかドロボウみたいで気《き》が引《ひ》けるけど……」

「そんなこと言《い》ってる場合《ばあい》じゃないでしょ！」

ガチャリ

真実《しんじつ》がドアノブを回《まわ》すと、あっさりとドアが開《ひら》いた。

鍵《かぎ》はかかっていない。


ギギ〜

ドアを開《ひら》き、おそるおそる室内《しつない》に足《あし》を踏《ふ》み込《こ》む。

「おじゃましま~す。あやしい者《もの》じゃないですよ~」

小声《こごえ》でつぶやく健太《けんた》。

玄関《げんかん》の先《さき》は居間《いま》になっていた。

ちゃぶ台《だい》の上《うえ》には、湯飲《ゆの》みと急須《きゅうす》。床《ゆか》には、絵本《えほん》やぬいぐるみが落《お》ちている。

「なんだか、ついさっきまでこの場所《ばしょ》で家族《かぞく》が暮《く》らしてたみたい」

美希《みき》がつぶやく。

「これを見《み》て」

奥《おく》の本棚《ほんだな》を調《しら》べていた真実《しんじつ》が声《こえ》をあげた。

その手《て》には、1冊《さつ》のノートが握《にぎ》られていた。

「この家《いえ》の人《ひと》がつけていた日記《にっき》らしい」

「日記《にっき》!?」

健太《けんた》と美希《みき》はあわてて真実《しんじつ》のもとに駆《か》け寄《よ》る。

真実《しんじつ》が開《ひら》いたノートにはこう書《か》かれていた。

8月《がつ》23日《にち》　田《た》んぼの稲《いね》や畑《はたけ》の作物《さくもつ》は順調《じゅんちょう》に育《そだ》っている。収穫《しゅうかく》が楽《たの》しみだ。
教団《きょうだん》の祈《いの》りのおかげで、この村《むら》は本当《ほんとう》に豊《ゆた》かになった。

9月《がつ》9日《ここのか》　今朝《けさ》、教団《きょうだん》のメンバーたちが村《むら》へやってきた。
呪《のろ》いの力《ちから》はさらに強《つよ》くなり、これ以上《いじょう》抑《おさ》え続《つづ》けることは難《むずか》しいという。
この先《さき》、何《なに》もなければいいが……。

9月《がつ》17日《にち》　悪《わる》い予感《よかん》が現実《げんじつ》になってしまった。
収穫直前《しゅうかくちょくぜん》の村《むら》の田《た》んぼ、畑《はたけ》、すべての作物《さくもつ》が枯《か》れてしまったのだ。
これは悪魔《あくま》の呪《のろ》いのせいなのだろうか？

10月《がつ》2日《ふつか》　朝《あさ》、表《おもて》に出《で》ると、島《しま》のまわりの海《うみ》が、血《ち》のように真《ま》っ赤《か》に染《そ》まっていた。

これほどひどい赤潮《あかしお》は、今《いま》まで見《み》たことがない。

多《おお》くの魚《さかな》が死《し》に、海《うみ》に浮《う》かんでいた。


顔《かお》をあげた健太《けんた》のひたいには、冷《つめ》たい汗《あせ》がにじんでいた。

「やっぱり……ぼくたちが見《み》た赤《あか》い海《うみ》や荒《あ》れた畑《はたけ》は、悪魔《あくま》の呪《のろ》いのせいだったんだ」

美希《みき》は言葉《ことば》を失《うしな》い、日記《にっき》を見《み》つめ続《つづ》けている。

「まだ終《お》わりじゃない。続《つづ》きがあるみたいだ」

真実《しんじつ》はそう言《い》うと、日記《にっき》のページをめくった。

10月《がつ》25日《にち》　今度《こんど》は村《むら》の井戸水《いどみず》が黒《くろ》くにごりはじめた。原因《げんいん》を調《しら》べようと、村《むら》の東《ひがし》の洞窟《どうくつ》の泉《いずみ》を調《しら》べに行《い》った者《もの》が、洞窟《どうくつ》の奥《おく》で巨大《きょだい》な黒《くろ》い怪物《かいぶつ》におそわれた。

11月《がつ》13日《にち》　教団《きょうだん》に助《たす》けを求《もと》めようと、５人《にん》の村人《むらびと》が島《しま》の奥《おく》にある教団《きょうだん》の建物《たてもの》へ向《む》かった。

しかし、帰《かえ》ってきたのはたったひとり。

ふるえながら、「悪魔《あくま》が現《あらわ》れ、みんな砂浜《すなはま》に食《く》われた」と繰《く》り返《かえ》した。

11月《がつ》18日《にち》
村《むら》に教団《きょうだん》のメンバーがやってきてこう言《い》った。
「ひとつだけ悪魔《あくま》の呪《のろ》いから逃《のが》れる方法《ほうほう》がある。
みんなで力《ちから》を合《あ》わせ、天《てん》に祈《いの》るのだ」
もうこれ以上《いじょう》耐《た》えられない。
わたしたちは、教団《きょうだん》に協力《きょうりょく》することにした。

日記《にっき》はそこで終《お》わっていた。

「このあと、みんなは悪魔《あくま》に消《け》されちゃったのか……」

健太《けんた》がつぶやくと、真実《しんじつ》は日記《にっき》から顔《かお》をあげた。

「悪魔《あくま》のせいなんかじゃない」

真実《しんじつ》は、ふたりの顔《かお》をまっすぐ見《み》つめて言葉《ことば》を続《つづ》けた。

「この世《よ》に科学《かがく》で解《と》けないナゾはない。この島《しま》で起《お》きた事件《じけん》も、きっと科学《かがく》の力《ちから》で解《と》くことができるはずだ」

「でも、洞窟《どうくつ》に黒《くろ》い怪物《かいぶつ》が現《あらわ》れたり、砂浜《すなはま》が人《ひと》を食《た》べたり、信《しん》じられないことが次々《つぎつぎ》と起《お》きてるのよ!? こんなこと、いったい誰《だれ》がどうやったっていうの？」

美希《みき》の言葉《ことば》に、室内《しつない》は沈黙《ちんもく》に包《つつ》まれた。

やがて、真実《しんじつ》は自分《じぶん》に言《い》い聞《き》かせるように、静《しず》かに言《い》った。

「今《いま》はまだわからない。だけど、科学《かがく》の実験《じっけん》に夢中《むちゅう》だった父《とう》さんは、いつもこう言《い》ってた。わからないときこそ、考《かん》え続《つづ》けなきゃいけないって。答《こた》えは必《かなら》ずどこかにある。だから、壁《かべ》にぶつかったときこそ、先《さき》に進《すす》むチャンスなんだって」

健太《けんた》は大《おお》きくうなずいた。

「わからないときこそ考《かんが》え続《つづ》けなきゃ……か。なるほど！ 洞窟《どうくつ》のナゾも、砂浜《すなはま》のナゾも、わからないままで終《お》わらせちゃったら、先《さき》には進《すす》めないってことだね！」

「ああ。まずは村《むら》の東《ひがし》にあるという洞窟《どうくつ》に行《い》ってみよう。何《なに》か手《て》がかりが得《え》られるかもしれない」

真実《しんじつ》の言葉《ことば》に、美希《みき》は思《おも》わずほほえんだ。

「いつも冷静《れいせい》で、どんなときも絶対《ぜったい》あきらめない。真実《しんじつ》くんの性格《せいかく》は、お父《とう》さんゆずりなのね」

「そうかもしれないな」

真実《しんじつ》は、少《すこ》し照《て》れくさそうにほほえんだ。


真実《しんじつ》たちは方位磁針《ほういじしん》を頼《たよ》りに村《むら》の東《ひがし》を目指《めざ》した。

森《もり》の中《なか》を1キロメートルほど進《すす》むと、岩肌《いわはだ》にぽっかりと口《くち》を開《あ》けた洞窟《どうくつ》を見《み》つけた。

入《い》り口《ぐち》はからみあったツタに覆《おお》われ、洞窟《どうくつ》の奥《おく》は深《ふか》い闇《やみ》に包《つつ》まれている。

「ここ……だよね？」

さっきまではりきっていた健太《けんた》だが、いざ洞窟《どうくつ》を前《まえ》にすると早《はや》くもへっぴり腰《ごし》だ。

「ここまで来《き》て、まさか怖《こわ》いなんて言《い》わないわよね？」

美希《みき》につつかれると、健太《けんた》は胸《むね》を張《は》って強《つよ》がってみせた。

「も、もちろんだよ。怪物《かいぶつ》なんてどっからでもかかってこい！さ。アハハ……」

「それじゃあ健太《けんた》くん、先《せん》頭《とう》よろしく！　はい！」

美希《みき》は健太《けんた》の手《て》に懐中電灯《かいちゅうでんとう》をポン！と渡《わた》した。

洞窟《どうくつ》の中《なか》はひんやりと冷《つめ》たい空気《くうき》が流《なが》れていた。

健太《けんた》を先頭《せんとう》に、暗闇《くらやみ》の中《なか》を一歩《いっぽ》ずつ慎重《しんちょう》に進《すす》んでいく。

地面《じめん》、天井《てんじょう》……どこに懐中電灯《かいちゅうでんとう》を向《む》けても、ぶきみな形《かたち》の岩《いわ》だらけだ。

まるで、恐《おそ》ろしい形相《ぎょうそう》の怪物《かいぶつ》たちに囲《かこ》まれているようだった。

やがて3人《にん》は、広《ひろ》い空間《くうかん》に出《で》た。

「ここは何《なん》だろう？　もしかして、怪物《かいぶつ》のすみかだったり……？」

おそるおそる健太《けんた》が足元《あしもと》を照《て》らすと、地面《じめん》がキラリと光《ひか》った。

「あっ！　水《みず》よ。泉《いずみ》だわ」

懐中電灯《かいちゅうでんとう》で洞窟《どうくつ》の奥《おく》を照《て》らすと、地面《じめん》には、25メートルプールほどの大《おお》きさのたまご形《がた》の泉《いずみ》が広《ひろ》がっていた。

「この水《みず》が、黒《くろ》くにごりはじめたってこと？」

健太《けんた》は泉《いずみ》のふちにしゃがむと、片手《かたて》で水《みず》をすくった。

「わわっ！　なんだこれ!?」

健太《けんた》の手《て》のひらは、真《ま》っ黒《くろ》に染《そ》まっていた。

黒《くろ》いヘドロのような液体《えきたい》がボトボトと足元《あしもと》にしたたり落《お》ちる。

「水《みず》じゃない……真《ま》っ黒《くろ》だし、なんだかドロドロしてるよ！」

健太《けんた》が叫《さけ》んだ瞬間《しゅんかん》……恐《おそ》ろしいことが起《お》きた。

ゴポゴポゴポッ

３人《にん》から少《すこ》し離《はな》れた泉《いずみ》の表面《ひょうめん》が大《おお》きく盛《も》り上《あ》がったかと思《おも》うと、ハリネズミの背中《せなか》のような、無数《むすう》のトゲを突《つ》き出《だ》したのである。

「キャーッ！」

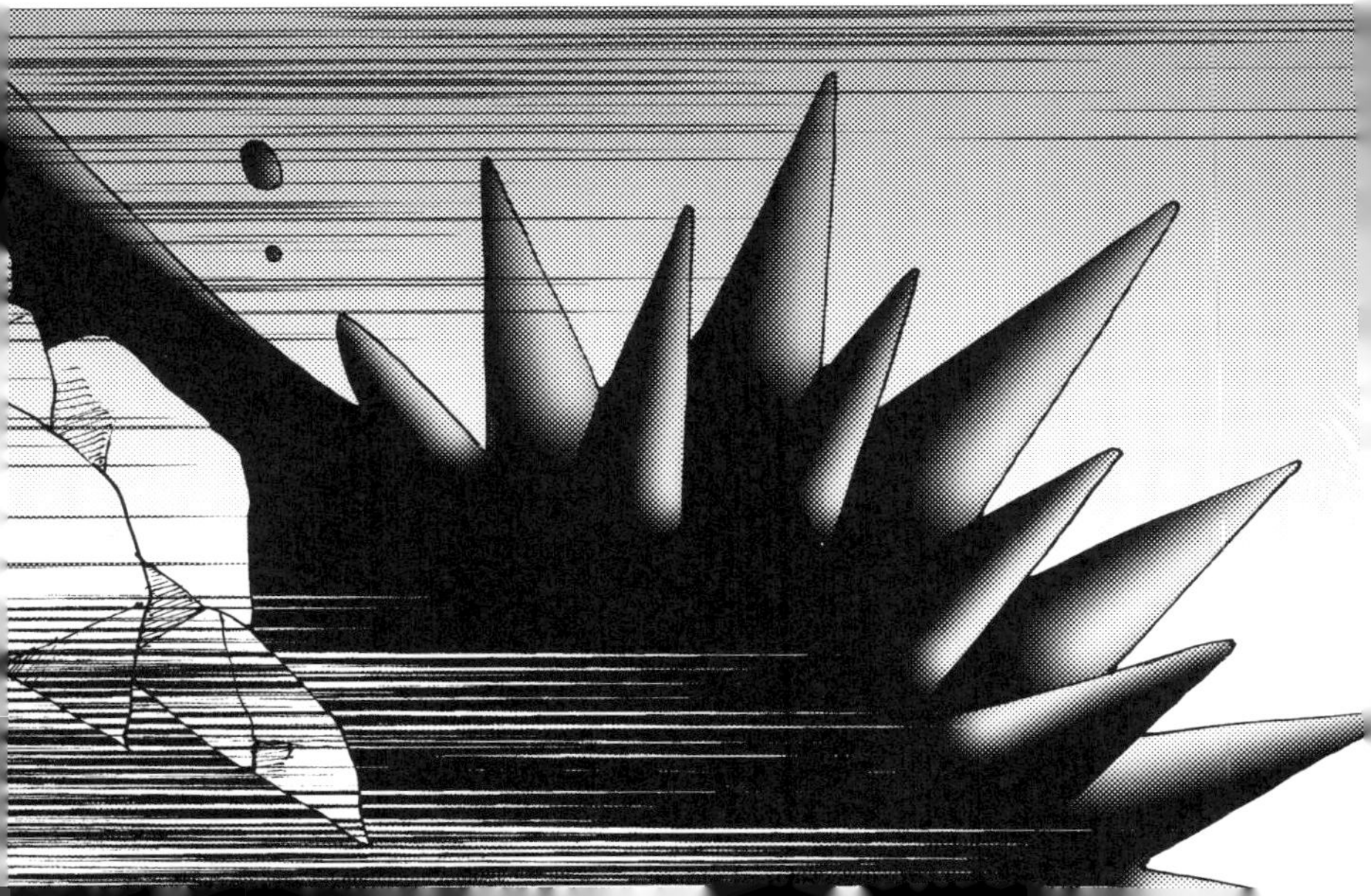

「出《で》たあ！　黒《くろ》い怪物《かいぶつ》!?」

ザザザザザ！

黒《くろ》い怪物《かいぶつ》は、無数《むすう》のトゲを出《だ》したり引《ひ》っ込《こ》めたりしながら、スピードを上《あ》げて健太《けんた》たちのほうへ向《む》かってくる。

「ぼくのうしろに隠《かく》れて」

真実《しんじつ》は、ふたりを守《まも》るように前《まえ》に出《で》た。

「危《あぶ》ないよ！　真実《しんじつ》くん！」

「確《たし》かめたいことがあるんだ」

そう言《い》うと、真実《しんじつ》は地面《じめん》にあった石《いし》をすばやく拾《ひろ》い、怪物《かいぶつ》めがけて投《な》げつけた。

ビュウッ！と石《いし》が風《かぜ》を切《き》る。

次《つぎ》の瞬間《しゅんかん》、黒《くろ》い怪物《かいぶつ》に当《あ》たった石《いし》は、ポチャン！と黒《くろ》い体《からだ》を通《とお》り抜《ぬ》けた。

「液体《えきたい》？　生《い》き物《もの》じゃない……!?」

真実《しんじつ》たちの目《め》の前《まえ》に迫《せま》った黒《くろ》い怪物《かいぶつ》は、山《やま》のように盛《も》り上《あ》がった巨体《きょたい》をふるわせると、ドプン！と泉《いずみ》の中《なか》に姿《すがた》を消《け》した。

「消《き》えた……!?」

健太《けんた》はおそるおそる泉《いずみ》をのぞき込《こ》んだ。

すると今度《こんど》は、３人《にん》のすぐわきの洞窟《どうくつ》の壁《かべ》を、泉《いずみ》の黒《くろ》い水《みず》がドロリドロリと登《のぼ》りはじめたのである。

「ウソでしょ!?　水《みず》が壁《かべ》を登《のぼ》ってる！」

黒《くろ》い水《みず》は、巨大《きょだい》なナメクジのように壁《かべ》をはっていく。

あるものは分裂《ぶんれつ》し、あるものは合体《がったい》しながら……洞窟《どうくつ》の壁《かべ》に、何《なに》かを描《えが》いているようだった。

「もしかして、これって文字《もじ》……？」

美希《みき》がぼう然《ぜん》とつぶやく。

現《あらわ》れたのは、洞窟《どうくつ》の壁一面《かべいちめん》に描《えが》かれた、巨大《きょだい》な文字《もじ》だった。

ノロイヲウケヨ

「呪《のろ》いを受《う》けよ……!?」

思《おも》わず健太《けんた》は息《いき》をのんだ。

次《つぎ》の瞬間《しゅんかん》、壁《かべ》に張《は》りついた黒《くろ》い文字《もじ》は、バシャッ！と泉《いずみ》の中《なか》に落《お》ちた。

そして……。

ジュルジュルッ　ゴボゴボゴボッ

黒《くろ》い水《みず》は、岩《いわ》がつらなる天井《てんじょう》に向《む》かって無数《むすう》のトゲを伸《の》ばした。

巨大《きょだい》な怪物《かいぶつ》が立《た》ち上《あ》がり、今《いま》まさに、３人《にん》に飛《と》びかかろうとしている！

「健太《けんた》くん、美希《みき》さん、さがって！」

「うわ～っ！」

健太《けんた》は思《おも》わずしりもちをついた。

その拍子《ひょうし》にリュックに入《はい》った道具《どうぐ》がバラバラと地面《じめん》に飛《と》び出《だ》す。

（もうおしまいだ！　黒《くろ》い怪物《かいぶつ》に呪《のろ》われるんだ……！）

しかし……。

（あれ……？　何《なに》も起《お》きないぞ？）

おそるおそる目《め》を開《あ》けると、黒《くろ》い怪物《かいぶつ》は天井《てんじょう》の岩《いわ》に張《は》りつき、こちらのようすをうかがうように、トゲを出《だ》したり、引《ひ》っ込《こ》めたりしている。

「健太《けんた》くん、だいじょうぶかい？」

健太《けんた》に駆《か》け寄《よ》った真実《しんじつ》が声《こえ》をかける。

そのとき真実《しんじつ》は、地面《じめん》に転《ころ》がった健太《けんた》の方位磁針《ほういじしん》に気《き》がついた。

方位磁針《ほういじしん》の針《はり》は、激《はげ》しくグルグルと回転《かいてん》している。

「そうだったのか……！　健太《けんた》くん、美希《みき》さん、黒《くろ》い怪物《かいぶつ》の正体《しょうたい》がわかったよ！」

「ええっ、ホントに!?」

真実《しんじつ》は、健太《けんた》の足元《あしもと》の地面《じめん》を指《ゆび》さし、言葉《ことば》を続《つづ》けた。

「今《いま》から、そこにある道具《どうぐ》のひとつを使《つか》って、黒《くろ》い怪物《かいぶつ》の正体《しょうたい》をあばいてみせるよ」

地面《じめん》には、健太《けんた》のリュックから飛《と》び出《だ》した道具《どうぐ》が散《ち》らばっている。

乾電池《かんでんち》
磁石《じしゃく》
マッチ

「この中《なか》のひとつを使《つか》って……!?」

はたして真実《しんじつ》は、どの道具《どうぐ》を使《つか》って、黒《くろ》い怪物《かいぶつ》の正体《しょうたい》をあばこうというのか？

そして、黒《くろ》い怪物《かいぶつ》の正体《しょうたい》とは……!?

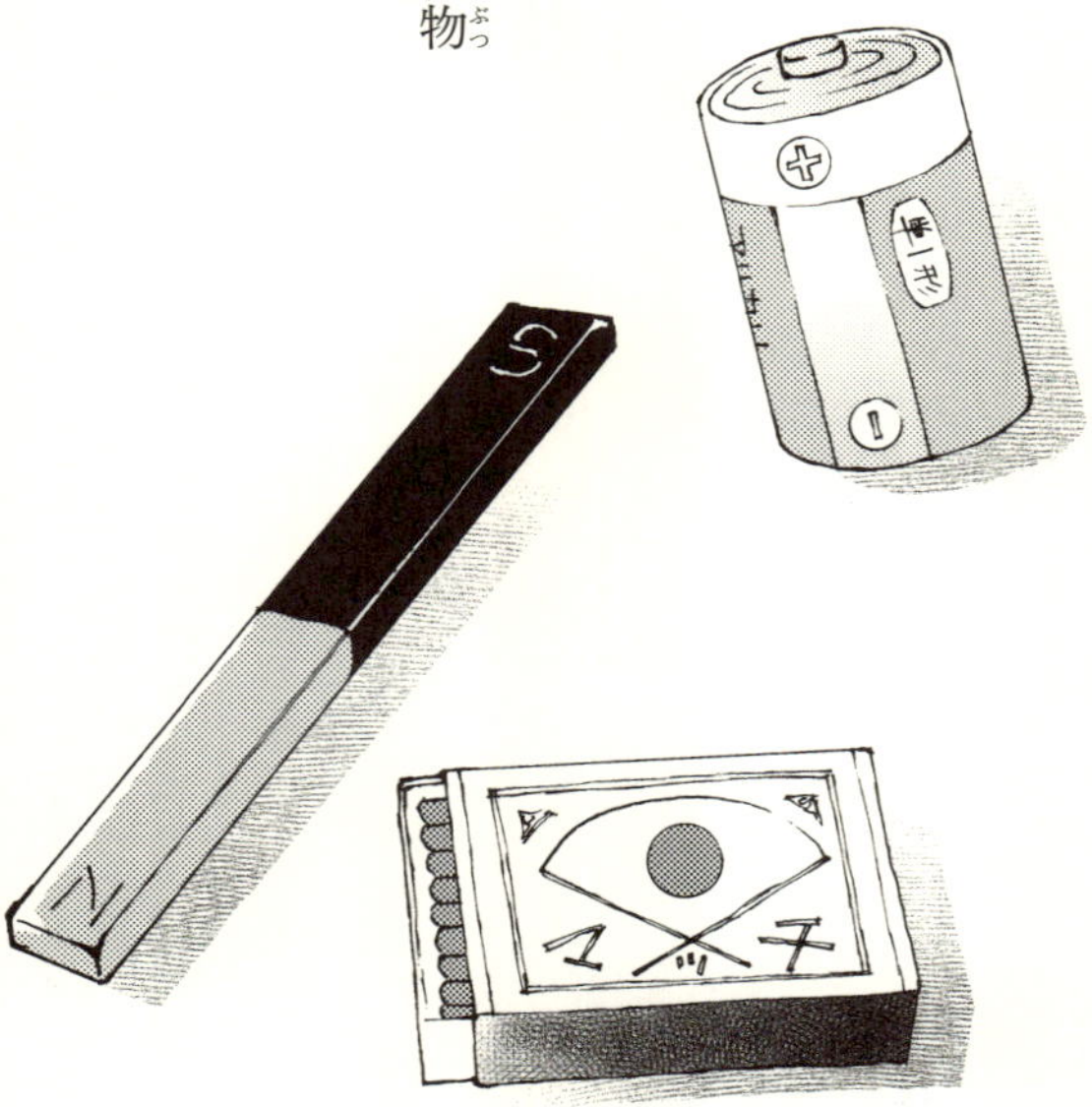

方位磁針《ほういじしん》の針《はり》が
どうして動《うご》いたのか
考《かんが》えてみよう

解決編《かいけつへん》

「これを使《つか》えば、黒《くろ》い怪物《かいぶつ》の正体《しょうたい》がわかるはずだ」

そう言《い》って真実《しんじつ》が手《て》にしたのは、磁石《じしゃく》だった。

健太《けんた》は驚《おどろ》いた。


「磁石《じしゃく》!?」


(磁石《じしゃく》を使《つか》って、いったい何《なに》をするつもりなんだろう?)

真実《しんじつ》は、懐中電灯《かいちゅうでんとう》で足元《あしもと》を照《て》らしながら、天井《てんじょう》の岩《いわ》に張《は》りついた黒《くろ》い怪物《かいぶつ》へと近《ちか》づいていった。怪物《かいぶつ》は、真実《しんじつ》を威嚇《いかく》するようにトゲを出《だ》したり、縮《ちぢ》めたりしている。

「真実《しんじつ》くん、気《き》をつけて!」

「だいじょうぶだよ」

真実《しんじつ》は、怪物《かいぶつ》のトゲの先《さき》に、手《て》にした磁石《じしゃく》をサッと近《ちか》づけた。

すると……なんと、トゲは磁石《じしゃく》に反応《はんのう》し、ニュルニュルと先端《せんたん》を磁石《じしゃく》のほうに伸《の》ばしはじめたのだ。

「磁石《じしゃく》に反応《はんのう》した!?」

美希《みき》が思《おも》わず口《くち》にする。

真実《しんじつ》が磁石《じしゃく》を右《みぎ》に動《うご》かせばトゲも右《みぎ》へ。磁石《じしゃく》を左《ひだり》に動《うご》かせばトゲも左《ひだり》に動《うご》いた。

まるで、ヘビを自在《じざい》に操《あやつ》る、インドのヘビつかいのようだった。

真実《しんじつ》は、健太《けんた》と美希《みき》のほうを振《ふ》り返《かえ》った。


「やはりそうか。これは磁性流体《じせいりゅうたい》だよ」


「じせいりゅうたい……!?　何《なん》なのそれ？」

初《はじ》めて聞《き》く言葉《ことば》に、健太《けんた》は首《くび》をひねった。

「簡単《かんたん》にいうなら、砂鉄《さてつ》を液体《えきたい》にしたような、磁石《じしゃく》に反応《はんのう》する水《みず》さ」

磁性流体《じせいりゅうたい》は、アメリカのＮＡＳＡ《ナサ》によって開発《かいはつ》された特殊《とくしゅ》な液体《えきたい》。無《む》重力状態《じゅうりょくじょうたい》で、ロケットの燃料《ねんりょう》を輸送《ゆそう》するためや、宇宙服《うちゅうふく》から液体《えきたい》が漏《も》

NASA《ナサ》
アメリカ航空宇宙局《こうくううちゅうきょく》。月着陸《つきちゃくりく》を目指《めざ》したアポロ計画《けいかく》や、宇宙船《うちゅうせん》のスペースシャトル計画《けいかく》などを進《すす》めた。世界《せかい》の宇宙開発《うちゅうかいはつ》をリードする機関《きかん》。

れるのを防《ふせ》ぐために利用《りよう》しようと開発《かいはつ》された。

「でも、どうして怪物《かいぶつ》の正体《しょうたい》が磁性流体《じせいりゅうたい》だって気《き》がついたの？」

美希《みき》がたずねると、真実《しんじつ》は、健太《けんた》の足元《あしもと》にある方位磁針《ほういじしん》を拾《ひろ》い上《あ》げた。

「この方位磁針《ほういじしん》のおかげだよ」

真実《しんじつ》が手《て》にした方位磁針《ほういじしん》の針《はり》は、まだ激《はげ》しく回転《かいてん》している。

「方位磁針《ほういじしん》の針《はり》は磁石《じしゃく》でできている。だから近《ちか》くに磁石《じしゃく》があると、こんなふうに方向《ほうこう》を見《み》失《うしな》ってしまうんだ。つまり、この洞窟《どうくつ》のどこかに強力《きょうりょく》な磁石《じしゃく》があって、その力《ちから》で磁性流体《じせいりゅうたい》を操《あやつ》っているんじゃないかって思《おも》ったんだ」

しかし、健太《けんた》はまだ納得《なっとく》がいかないようすだ。

「でも、どう見《み》てもここはふつうの洞窟《どうくつ》だよ？　どこにそんな強力《きょうりょく》な磁石《じしゃく》があるの？」

「目《め》に見《み》えないところだよ」

そう言《い》うと、真実《しんじつ》はふたたび天井《てんじょう》に張《は》りついた怪物《かいぶつ》のほうへ近《ちか》づいた。

そして、磁石《じしゃく》を天井《てんじょう》の岩《いわ》に近《ちか》づけ、パッと手《て》を離《はな》すと……。

磁石《じしゃく》にある、目《め》に見《み》えない磁力線《じりょくせん》

磁石《じしゃく》のまわりには
磁力《じりょく》が発生《はっせい》する。
磁力《じりょく》の向《む》きは、
磁力線《じりょくせん》で表《あらわ》す。

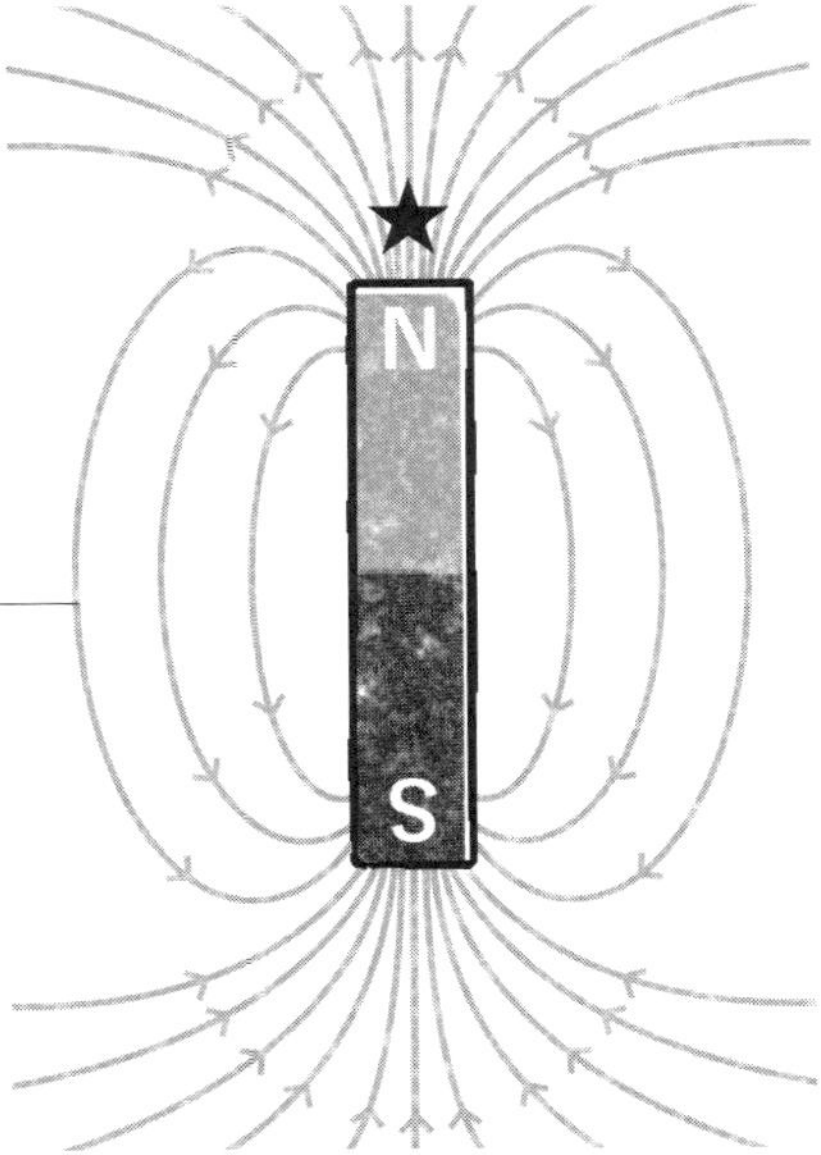

磁性流体《じせいりゅうたい》に磁石《じしゃく》を
近《ちか》づけると（上《うえ》の図《ず》の★の位置《いち》）
磁力線《じりょくせん》に沿《そ》って、
トゲトゲの形《かたち》に並《なら》ぶ。

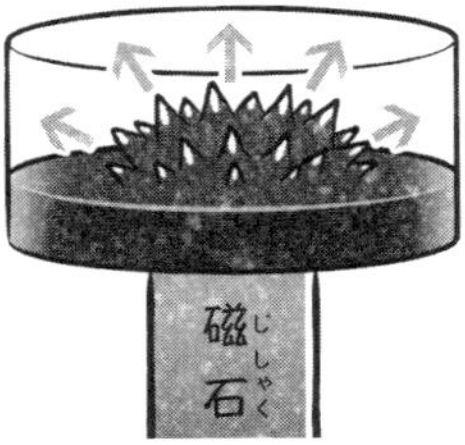

砂鉄《さてつ》に磁石《じしゃく》を
近《ちか》づけると（上《うえ》の図《ず》の★の位置《いち》）
砂鉄《さてつ》が磁力線《じりょくせん》に
沿《そ》って並《なら》ぶ。

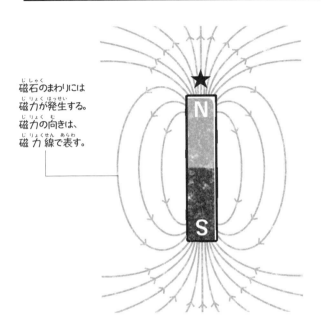

ガチャン！

なんと、真実《しんじつ》の手《て》から離《はな》れた磁石《じしゃく》が、天井《てんじょう》の岩《いわ》にピタリと張《は》りついたのである。

「ああっ！　磁石《じしゃく》が岩《いわ》にくっついた！」

「このとおり、磁石《じしゃく》は、洞窟《どうくつ》の岩《いわ》の中《なか》にしかけられていたんだ。電気《でんき》を通《とお》すと磁石《じしゃく》になる、電《でん》磁石《じしゃく》がね」

「じゃあ、動《うご》き回《まわ》る怪物《かいぶつ》も、壁《かべ》に書《か》かれた文字《もじ》も、電磁石《でんじしゃく》の力《ちから》で？」

「ああ。きっと、誰《だれ》かがどこかで、電磁石《でんじしゃく》を操《そう》作《さ》していたんだ。磁性流体《じせいりゅうたい》は、岩《いわ》の中《なか》の電磁《でんじ》石《しゃく》に引《ひ》かれて動《うご》いていただけだよ」

天井《てんじょう》にくっついたのはなぜ？

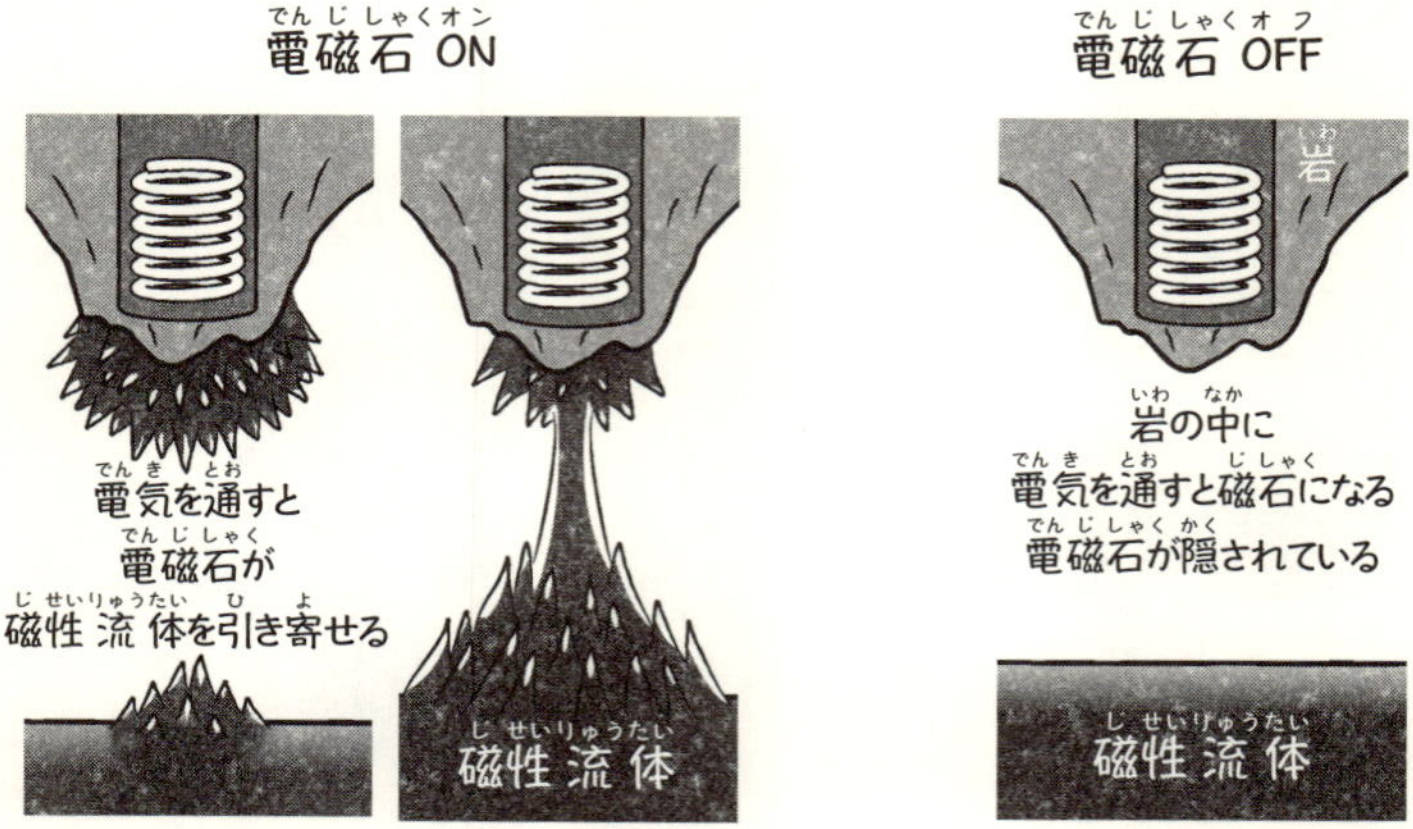

「そうだったのか！」

健太《けんた》がうなずくと、真実《しんじつ》は天井《てんじょう》で動《うご》き続《つづ》ける磁性流体《じせいりゅうたい》を見上《みあ》げた。

「これではっきりしたよ。黒《くろ》い怪物《かいぶつ》は悪魔《あくま》のしわざなんかじゃない。島《しま》の人《ひと》たちをおどかし、おびえさせるために、何者《なにもの》かが科学《かがく》の力《ちから》を悪用《あくよう》していたんだ」

そう語《かた》る真実《しんじつ》の表情《ひょうじょう》はけわしく、両手《りょうて》はギュッと力強《ちからづよ》く握《にぎ》られていた。

黒《くろ》い怪物《かいぶつ》のナゾは解《と》けた。

しかし、次《つぎ》へ進《すす》む手《て》がかりはまだ得《え》られていない。

「これからどうしよう……」

力《ちから》なく健太《けんた》がつぶやいたとき、美希《みき》が泉《いずみ》を指《ゆび》さして言《い》った。

「ねえ、あれ何《なに》かしら？」

磁性流体《じせいりゅうたい》が天井《てんじょう》に張《は》りつき、泉《いずみ》の底《そこ》がむき出《だ》しになった場所《ばしょ》に、白《しろ》く、四角《しかく》いものが見《み》えている。

健太《けんた》たちが駆《か》け寄《よ》って見《み》ると、それは白《しろ》い石板《せきばん》だった。

「何《なん》だろう、これ？」

健太《けんた》が懐中電灯《かいちゅうでんとう》の光《ひかり》を当《あ》てると、石板《せきばん》に刻《きざ》まれた文字《もじ》が浮《う》かび上《あ》がった。

水《みず》	0	100
鉄《てつ》	□	□

ナガトランウグル

「何《なに》これ？　さっぱり意味《いみ》がわからないよ」

首《くび》をひねる健太《けんた》の横《よこ》で、美希《みき》はハッと顔《かお》をあげた。

「これはきっと、次《つぎ》への手《て》がかりが隠《かく》された暗号《あんごう》よ！」

「次《つぎ》への手《て》がかり？」

「そうよ。だって、人目《ひとめ》につかないよう、泉《いずみ》の中《なか》に隠《かく》されていたのよ。もしも怪物《かいぶつ》のナゾを解《と》かずに逃《に》げてたら、気《き》がつかなかったわ」

「なるほど……それなら絶対解《ぜったいと》かなくちゃ……ふぬっ！」

健太《けんた》は気合《きあい》を入《い》れて石板《せきばん》をにらみつけたが、やはりまったく意味《いみ》がわからない。

すると、口元《くちもと》に手《て》を当《あ》てて石板《せきばん》を見《み》つめていた真実《しんじつ》が、あっさりと言《い》った。

「この暗号《あんごう》の意味《いみ》がわかったよ」

「ええっ!?　いくらなんでも早《はや》すぎない!?」

驚《おどろ》く健太《けんた》と美希《みき》に、真実《しんじつ》は何《なん》でもないように言《い》った。

「ヒントになるのはここだ」

真実《しんじつ》は、「水《みず》　０　１００」と書《か》かれた部分《ぶぶん》を指《ゆび》さした。

「この数字《すうじ》は、水《みず》の状態《じょうたい》が変化《へんか》する温度《おんど》だよ」

「わかった！『０℃』は、氷《こおり》が溶《と》けて液体《えきたい》になる温度《おんど》。『１００℃』は、水《みず》が沸騰《ふっとう》して、液体《えきたい》から気体《きたい》になる温度《おんど》ね！」

真実《しんじつ》はうなずくと、今度《こんど》は「鉄《てつ》□　□」と書《か》かれた部分《ぶぶん》を指《ゆび》さした。

「ここも同《おな》じように考《かんが》えればいい。鉄《てつ》は１５３６℃で溶《と》けてドロドロの液《えき》体《たい》になる。そして２８６３℃まで熱《ねっ》すると、蒸発《じょうはつ》して気体《きたい》になるんだ」

融点《ゆうてん》と沸点《ふってん》
固体《こたい》が液体《えきたい》になる温度《おんど》を「融点《ゆうてん》」、液体《えきたい》が気体《きたい》になる温度《おんど》を「沸点《ふってん》」と呼《よ》ぶ。融点《ゆうてん》と沸点《ふってん》は、気圧《きあつ》によって変《か》わるが、ふつうは１気圧《きあつ》のときの温度《おんど》をいう。

※鉄の融点と沸点の数値は、『理科年表 平成28年』（国立天文台編）から。

「そうか！　この部分《ぶぶん》は『鉄《てつ》1536　2863』になるってことだね？　そうすると、この先《さき》は、え～と……」

ここまでのナゾを解《と》いて現《あらわ》れた数字《すうじ》、「15362863」。

そして、残《のこ》されたナゾの文章《ぶんしょう》、「ナガトランウグル」。

このふたつをどう結《むす》びつければよいのか？

頭《あたま》を抱《かか》えて悩《なや》む健太《けんた》と美希《みき》に、真実《しんじつ》がヒントを出《だ》してくれた。

「『ナガトランウグル』……この言葉《ことば》に、1から順番《じゅんばん》に番号《ばんごう》をふってごらん」

美希《みき》は取材用《しゅざいよう》のノートを開《ひら》くと、言葉《ことば》の横《よこ》に番号《ばんごう》を書《か》きたした。

「ナガトランウグル」
←←←←←←←←
12345678
「15362863」

書《か》き終《お》えた瞬間《しゅんかん》、健太《けんた》と美希《みき》は顔《かお》を見合《みあ》わせた。

「あっ、わかった！」

『１５３６２８６３』の順番《じゅんばん》に文字《もじ》を並《なら》びかえればいいんだね！」

「そのとおりだ」

美希《みき》はノートにスラスラと文字《もじ》を書《か》き上《あ》げた。

現《あらわ》れた暗号《あんごう》の答《こた》えは……。

ナントウガルウト

「ナントウガルウト……南東《なんとう》がルート？」

「ああ。洞窟《どうくつ》の外《そと》へ出《で》て確《たし》かめてみよう」

洞窟《どうくつ》の外《そと》へ出《で》ると、日《ひ》はすでにかたむきはじめていた。

３人《にん》は健太《けんた》が手《て》にした方位磁針《ほういじしん》をのぞき込《こ》む。

方位磁針《ほういじしん》の針《はり》は、もうグルグルと回《まわ》っておらず、しっかりと安定《あんてい》していた。

「南東《なんとう》はあっちだ」

健太《けんた》が指《ゆび》さした先《さき》、生《お》い茂《しげ》った木々《きぎ》のすきまから、阿久磨島《あくまじま》にそびえるふたつの山《やま》のうち、東側《ひがしがわ》の山《やま》が見《み》えた。

「あの山《やま》を目指《めざ》して進《すす》めば、次《つぎ》の手《て》がかりがつかめるのね！」

「真実《しんじつ》くんのお父《とう》さんの言《い》ったとおりだね」

「え？」

健太《けんた》の言葉《ことば》に、真実《しんじつ》が振《ふ》り向《む》く。

「ほら、わからないときこそ、考《かんが》え続《つづ》けろって。答《こた》えは必《かなら》ずどこかにあるって」

真実《しんじつ》はコクリとうなずくと、木々《きぎ》の向《む》こうの山《やま》を見上《みあ》げた。

「さあ行《い》こう。島《しま》の奥《おく》に答《こた》えが……そして、父《とう》さんがいるはずだ」

2

SCIENCE TRICK DATA FILE

科学《かがく》トリック データファイル

暗号《あんごう》について知《し》ろう

暗号《あんごう》は、大昔《おおむかし》から、さまざまな種類《しゅるい》のものが使《つか》われてきました。代表的《だいひょうてき》なものを紹介《しょうかい》します。

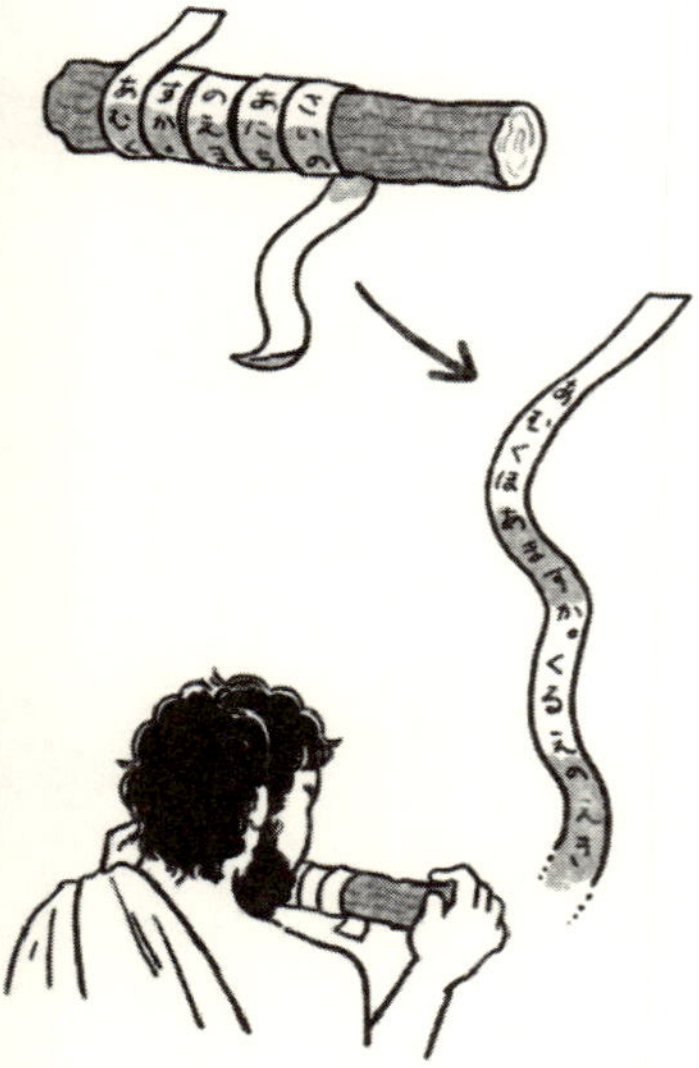

大昔《おおむかし》の暗号《あんごう》

紀元前《きげんぜん》5世紀《せいき》ごろの古代《こだい》ギリシャで使《つか》われていた、革《かわ》ひもと棒《ぼう》を使《つか》った暗号《あんごう》。同《おな》じ太《ふと》さの棒《ぼう》を持《も》つ者《もの》だけが、暗号《あんごう》を解読《かいどく》することができる。

シーザー暗号《あんごう》

古代《こだい》ローマのユリウス・カエサル（ジュリアス・シーザー）がつくった暗号《あんごう》。アルファベット順《じゅん》に、文字《もじ》を決《き》まった数《かず》だけずらして置《お》きかえる。

〈2文字《もじ》ずらした場合《ばあい》〉

A B C D E F G H I J K L M N…

↓ ↓ ↓ ↓ ↓ ↓ ↓ ↓ ↓ ↓ ↓ ↓ ↓ ↓

C D E F G H I J K L M N O P…

例　MIKI　→　OKMK

上杉暗号《うえすぎあんごう》

戦国武将《せんごくぶしょう》の上杉謙信《うえすぎけんしん》が使《つか》っていたとされる暗号《あんごう》。左《ひだり》のような表《ひょう》を使《つか》って、１文字《もじ》を２文字《もじ》に置《お》きかえる。

	か	が	く	た	ん	て	い
な	あ	い	う	え	お	か	き
ぞ	く	け	こ	さ	し	す	せ
の	そ	た	ち	つ	て	と	な
し	に	ぬ	ね	の	は	ひ	ふ
ん	へ	ほ	ま	み	む	め	も
じ	や	ゆ	よ	ら	り	る	れ
つ	ろ	わ	を	ん	゛	゜	ー

例　がんいつんんてぞんつてなんつかぞたなたつ

ほ　ー　む　す　゛　か　゛　く　え　ん

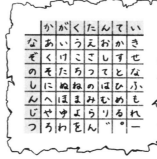

人《ひと》食《く》い浜《はま》

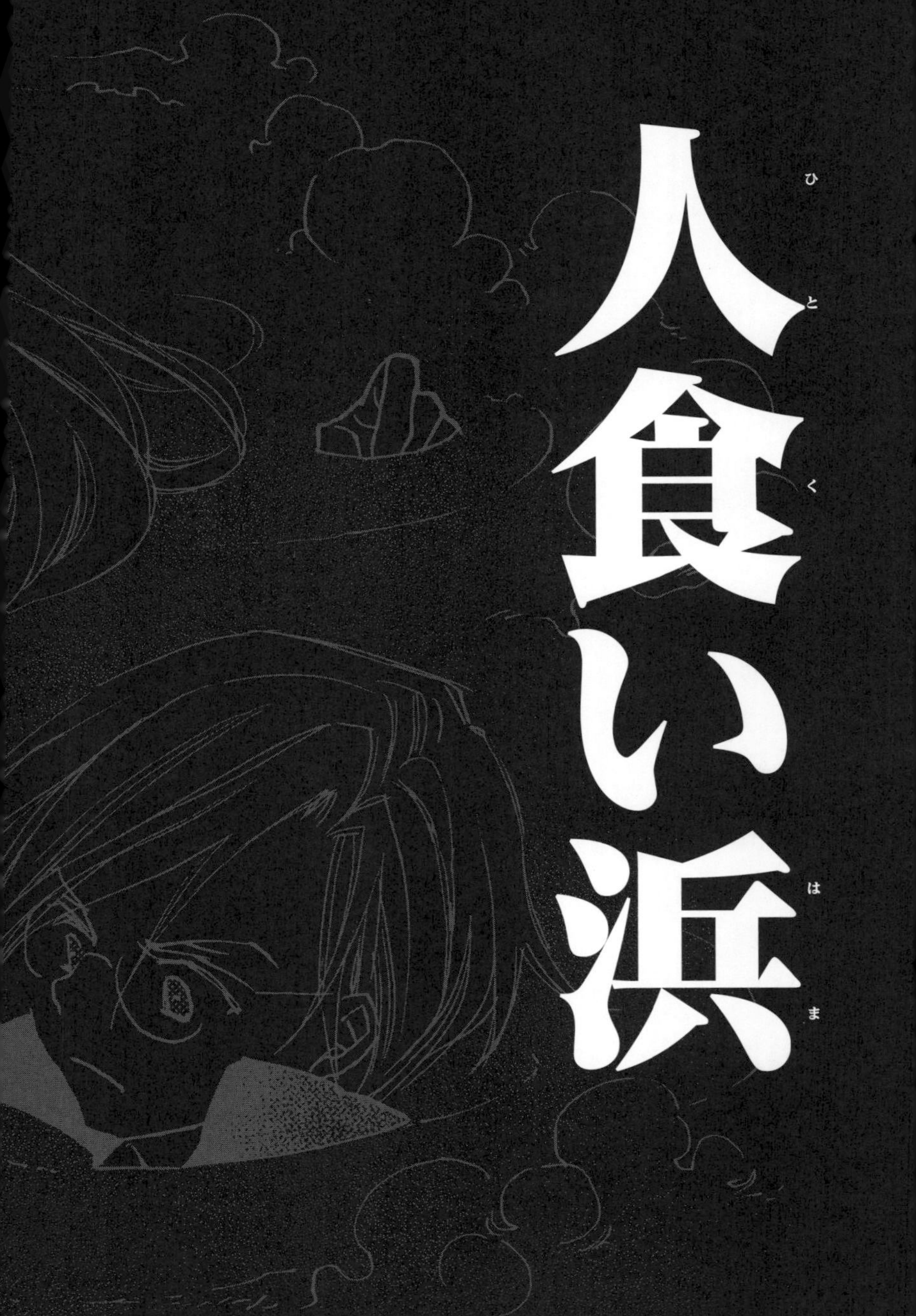

消滅《しょうめつ》した島《しま》3

事件編《じけんへん》

真実《しんじつ》、健太《けんた》、美希《みき》の3人《にん》は、南東《なんとう》に向《む》かって道《みち》を進《すす》みはじめた。

あたりには、うっそうと木々《きぎ》が生《お》い茂《しげ》った林《はやし》が広《ひろ》がっている。

「うわー、すごい！　見《み》たこともない虫《むし》がいっぱいいる〜！」

「中琉球《なかりゅうきゅう》は亜熱帯《あねったい》だから、珍《めずら》しい植物《しょくぶつ》もたくさんあるわね」

健太《けんた》と美希《みき》は、探検《たんけん》に来《き》たような気分《きぶん》であたりを見回《みまわ》す。

そんなふたりをよそに、真実《しんじつ》は、ずっと押《お》し黙《だま》ったままだ。

真実《しんじつ》のようすに気《き》づいて、健太《けんた》は心配《しんぱい》になる。

（真実《しんじつ》くん、そうとう疲《つか》れてるんだ……。ここ数日《すうじつ》、ほとんど寝《ね》てなかったみたいだし……）

そのとき、健太《けんた》はハッと思《おも》いついた。

「そうだ、真実《しんじつ》くん。これ飲《の》んで！」

健太《けんた》はリュックからペットボトルに入《はい》ったメロンソーダを取《と》り出《だ》し、真実《しんじつ》に差《さ》し出《だ》した。

「……え？」

亜熱帯《あねったい》
地球《ちきゅう》の気候《きこう》は、大《おお》きく「熱帯《ねったい》」「温帯《おんたい》」「寒帯《かんたい》」の三《みっ》つに分《わ》けられるが、亜熱帯《あねったい》は、「温帯《おんたい》」と「熱帯《ねったい》」の中間地域《ちゅうかんちいき》のこと。夏《なつ》は暑《あつ》く、冬《ふゆ》は寒《さむ》くなりすぎない気候《きこう》が特徴《とくちょう》。

目《め》の前《まえ》に差《さ》し出《だ》された、人工着色料《じんこうちゃくしょくりょう》、甘味料《かんみりょう》たっぷりの毒々《どくどく》しい色《いろ》の飲《の》み物《もの》を見《み》て、真実《しんじつ》は顔《かお》をしかめる。

しかし、健太《けんた》は屈託《くったく》のない笑顔《えがお》を浮《う》かべながら言《い》った。

「メロンソーダ。ぼく、大好《だいす》きなんだ。落《お》ち込《こ》んだとき、これ飲《の》むとすっごく元気《げんき》が出《で》るから！」

健太《けんた》の善意《ぜんい》をむげにもできず、真実《しんじつ》は「ありがとう」と言《い》って、それを受《う》け取《と》り、ひと口《くち》飲《の》む。

「甘《あま》っ……、かき氷《ごおり》のシロップをうすめずそのまま炭酸《たんさん》にしたみたいな味《あじ》だね」

「うん！　ぼく、かき氷《ごおり》のシロップをそのまま

飲《の》むのも好《す》きなんだ〜」

健太《けんた》は、ニコニコしながら答《こた》えた。

「もう！　健太《けんた》くんったら、ヘンな趣味《しゅみ》〜！」

と、笑《わら》う美希《みき》。

真実《しんじつ》も思《おも》わず苦笑《くしょう》する。

それを見《み》た健太《けんた》はホッとして、急《きゅう》に真顔《まがお》になって真実《しんじつ》に向《む》き直《なお》った。

「だいじょうぶ、お父《とう》さんは無事《ぶじ》でいるよ！」

そう言《い》って、力強《ちからづよ》く真実《しんじつ》をはげます健太《けんた》。

「だって真実《しんじつ》くんのお父《とう》さんなんだし、きっとすっごく頭《あたま》いいんでしょ？」

「そうよ！　悪《わる》いやつらに捕《つか》まったとしても、簡単《かんたん》にやられたりしないわよ！」

美希《みき》も力強《ちからづよ》く言《い》った。

どこか気分《きぶん》のやわらいだ3人《にん》は、林《はやし》の中《なか》を歩《ある》き続《つづ》けた。

3人《にん》がたどり着《つ》いたのは、一面《いちめん》にハイビスカスが咲《さ》く花畑《はなばたけ》だった。

「わあ、キレイ！」

赤《あか》、ピンク、黄色《きいろ》と、色《いろ》とりどりの大輪《たいりん》の花《はな》に、うっとりする美希《みき》。

「あ、オキナワカラスアゲハだ！」

健太《けんた》も、うれしそうに叫《さけ》ぶ。

花畑《はなばたけ》には、快明《かいめい》の研究室《けんきゅうしつ》で見《み》た写真《しゃしん》の蝶《ちょう》がたくさん舞《ま》っていたのだ。

「ねえ、見《み》て！」

そのとき、美希《みき》が叫《さけ》んだ。

「日記《にっき》にあった人《ひと》を食《く》う砂浜《すなはま》って、もしかして、あれのことじゃない？」

花畑《はなばたけ》の向《む》こう、美希《みき》が指《ゆび》さす方角《ほうがく》に堤防《ていぼう》があり、その先《さき》に海岸《かいがん》らしきものが見《み》える。

「ホントだ～！　海《うみ》が見《み》える！」

健太《けんた》は声《こえ》を張《は》りあげた。

「確《たし》かに、方角的《ほうがくてき》に見《み》ても、あれが『人食《ひとく》い浜《はま》』と考《かんが》えて間違《まちが》いないだろう」

真実《しんじつ》も、方位磁針《ほういじしん》を手《て》にしながら言《い》った。

「砂浜《すなはま》が人《ひと》を食《た》べるって、ホントかなあ？」

健太《けんた》がこわごわとつぶやく。

「島民《とうみん》の日記《にっき》に記《しる》されていることが事実《じじつ》なら、それに類《るい》する現象《げんしょう》が起《お》きたんだろう」

真実《しんじつ》は答《こた》える。

「島民《とうみん》が砂浜《すなはま》に食《た》べられたときに、悪魔《あくま》が現《あらわ》れたとも書《か》かれていたわね」

美希《みき》の言葉《ことば》に、健太《けんた》はゾッとして、思《おも》わず足《あし》がすくんだ。

しかし、真実《しんじつ》はためらうことなく、スタスタと堤防《ていぼう》に向《む》かって歩《ある》いていった。

（真実《しんじつ》くんのお父《とう》さんの手《て》がかりが、ここで得《え》られるかもしれないんだ。怖《こわ》がってなんていられない……！）

健太《けんた》は自分《じぶん》に言《い》い聞《き》かせると、「真実《しんじつ》くん、待《ま》って！」と、あとを追《お》いかけていく。「健太《けんた》くん、そんなにあわてると転《ころ》ぶわよ！」と言《い》いながら、美希《みき》もそのあとに続《つづ》いた。

堤防《ていぼう》の前《まえ》にやってきた3人《にん》。

しかし、堤防《ていぼう》は3人《にん》の背丈《せたけ》より高《たか》く、簡単《かんたん》には越《こ》えられそうになかった。

真実《しんじつ》は助走《じょそう》をつけ、ヒラリとジャンプすると、軽々《かるがる》と堤防《ていぼう》の上《うえ》にあがる。

「健太《けんた》くん、わたしの馬《うま》になって！」

美希《みき》の言葉《ことば》に、「えっ、馬《うま》!?」と、問《と》い返《かえ》す健太《けんた》。

「踏《ふ》み台《だい》になってってこと！」

健太《けんた》は言《い》われたとおり、四《よ》つんばいになって、その場《ば》にうずくまる。

すると、美希《みき》は健太《けんた》の背中《せなか》に足《あし》を乗《の》せ、踏《ふ》み台《だい》にして、堤防《ていぼう》によじ登《のぼ》った。

そのまま真実《しんじつ》のあとを追《お》い、ジャンプして、海岸《かいがん》へと下《お》り立《た》つ美希《みき》。

「えっ!? ちょっと待《ま》って。美希《みき》ちゃん、ぼくはどうなるの!?」

ひとり堤防《ていぼう》の前《まえ》に取《と》り残《のこ》された健太《けんた》は、その場《ば》でぴょんぴょん跳《は》ねながら叫《さけ》んだ。

その目《め》の前《まえ》にスルスルとロープが下《お》りてくる。

「真実《しんじつ》くんが持《も》っていたロープよ。太《ふと》い木《き》に縛《しば》りつけてあるから、健太《けんた》くんはこれを使《つか》って登《のぼ》ってきて」

堤防《ていぼう》の向《む》こうから、美希《みき》の声《こえ》が聞《き》こえた。

「ありがとう、美希《みき》ちゃん」

健太《けんた》は笑顔《えがお》になり、「よいしょ……」と言《い》いながら、ロープを使《つか》い、堤防《ていぼう》の壁《かべ》をよじ登《のぼ》りはじめる。


そのころ、真実《しんじつ》と美希《みき》は、ひと足先《あしさき》に堤防《ていぼう》を越《こ》えた向《む》こう側《がわ》の海岸《かいがん》に立《た》っていた。

そこは切《き》り立《た》った崖《がけ》に囲《かこ》まれた海岸《かいがん》で、夕暮《ゆうぐ》れ迫《せま》る砂浜《すなはま》には、ところどころにゴロゴロした岩《いわ》や流木《りゅうぼく》があり、もやが立《た》ち込《こ》めている。

まるで地獄《じごく》のような、ぶきみな景色《けしき》――。

そこには、阿久磨島《あくまじま》をかたどった看板《かんばん》が立《た》てられている。看板《かんばん》には「心《こころ》のふるさと　阿久《あく》磨島《まじま》」——と、不似合《ふにあ》いなキャッチフレーズが書《か》かれていた。

「ここが……『人食《ひとく》い浜《はま》』？　確《たし》かに景色《けしき》はぶきみだけど、ふつうの海岸《かいがん》よね」

あたりを見回《みまわ》しながら、美希《みき》がつぶやく。

真実《しんじつ》は注意深《ちゅういぶか》く周囲《しゅうい》を観察《かんさつ》しながら慎重《しんちょう》に歩《あゆ》みを進《すす》めていた。

一方《いっぽう》、美希《みき》は海《うみ》のほうへ向《む》かってずんずん歩《ある》いていく。

「待《ま》って！　急《いそ》ぐのは危険《きけん》だ！」

真実《しんじつ》はそう言《い》って、美希《みき》のあとを追《お》いかける。そのとき——。


「きゃあああっ!!」


突然《とつぜん》、美希《みき》が悲鳴《ひめい》をあげた。

美希《みき》の足元《あしもと》では、さっきまでふつうの砂浜《すなはま》だった場所《ばしょ》が、まるで荒《あ》れた海《うみ》のように激《はげ》しく波打《なみう》っている。

あたりには、シューという音《おと》が響《ひび》いていた。今《いま》にも砂浜《すなはま》から悪魔《あくま》が現《あらわ》れてくるかのようなぶきみな音《おと》だ。

砂《すな》はまるで液体《えきたい》のようになって、ぶくぶくと泡立《あわだ》っている。

底《そこ》なし沼《ぬま》のようになった砂浜《すなはま》に、美希《みき》はのみこまれ、もがいていた。

「美希《みき》さん！」

真実《しんじつ》は美希《みき》に駆《か》け寄《よ》り、助《たす》けようとした。

手《て》を伸《の》ばし、美希《みき》の手《て》をつかもうとした、その瞬間《しゅんかん》――。

ズブリ！

片足《かたあし》が砂《すな》の中《なか》にめり込《こ》んだ。

真実《しんじつ》の体《からだ》は、そのまま一気《いっき》に砂《すな》の中《なか》へと沈《しず》み込《こ》んでいく。

「こ、この砂浜《すなはま》は、もしかしたら……？」

砂浜《すなはま》の正体《しょうたい》に気《き》づいた真実《しんじつ》。だが、すでに遅《おそ》く――激《はげ》しく波打《なみう》つ砂《すな》は、真実《しんじつ》をズブズブとのみこんでいった。

一方《いっぽう》、健太《けんた》はロープをつたい、ようやく堤防《ていぼう》の上《うえ》にはいあがった。

「えっ!?」

目《め》の前《まえ》の光景《こうけい》を見《み》て、健太《けんた》はがく然《ぜん》とした。

生《い》き物《もの》のように波打《なみう》つ砂浜《すなはま》。

その中《なか》で、真実《しんじつ》と美希《みき》がもがいていた。

「砂《すな》が水《みず》みたいになってるの！　助《たす》けて！」

砂《すな》の海《うみ》に溺《おぼ》れそうになりながら、美希《みき》は泳《およ》ぐように手《て》をバタつかせている。

真実《しんじつ》も、すでに首《くび》まで砂《すな》に埋《う》もれ、必死《ひっし》ではいあがろうとしていた。

「真実《しんじつ》くん!!　美希《みき》ちゃん!!」

健太《けんた》は堤防《ていぼう》から飛《と》び降《お》りて、ふたりに駆《か》け寄《よ》ろうとしたが――。

「来《く》るな!!」

真実《しんじつ》の叫《さけ》び声《ごえ》に足《あし》が止《と》まる。

「こ、この砂浜《すなはま》は……」

真実《しんじつ》は何《なに》かを健太《けんた》に伝《つた》えようと口《くち》を開《ひら》いたが、その瞬間《しゅんかん》、砂《すな》が口《くち》の中《なか》に入《はい》り、ゴホゴホッとせき込《こ》む。

真実《しんじつ》は最後《さいご》の力《ちから》を振《ふ》りしぼると、メロンソーダのペットボトルを掲《かか》げ、それを健太《けんた》の足元《あしもと》めがけて投《な》げた。

「し、真実《しんじつ》くん!?」

メロンソーダのボトルを拾《ひろ》い、健太《けんた》は真実《しんじつ》を見《み》やる。

「……」

しかし、真実《しんじつ》は何《なに》も答《こた》えられない。

せき込《こ》んで苦《くる》しげな表情《ひょうじょう》を浮《う》かべたまま、真実《しんじつ》は砂《すな》の中《なか》へと消《き》えていった。

「健太《けんた》くん、お願《ねが》い、助《たす》け……て……」

かたわらでもがいていた美希《みき》も砂《すな》の中《なか》に消《き》え、ふたりの姿《すがた》は見《み》えなくなる。

やがてあたりに響《ひび》いていたシューというぶきみな音《おと》も消《き》え、しんと静《しず》かになった。

「真実《しんじつ》くん!! 美希《みき》ちゃん!!」

健太《けんた》は叫《さけ》んで駆《か》け出《だ》していく。

「どこ!? どこにいるの!?」

健太《けんた》はぼう然《ぜん》としながら、砂浜《すなはま》の真実《しんじつ》と美希《みき》が消《き》えたあたりまでやってきた。

さっきまで液体《えきたい》のようだった砂《すな》は、硬《かた》くしっかりした、ふつうの砂《すな》に戻《もど》っている。

「真実《しんじつ》くん! 美希《みき》ちゃん!」

ふたりを掘《ほ》り出《だ》そうと、健太《けんた》は必死《ひっし》で砂《すな》をかきはじめる。

しかし、砂《すな》はすぐに崩《くず》れてきてしまい、うまく掘《ほ》れない。

それでも健太《けんた》は、夢中《むちゅう》で掘《ほ》り続《つづ》けた。

――そのときだった。

あたりが急《きゅう》に明《あか》るくなる。

「えっ、何《なに》!?」

驚《おどろ》いた健太《けんた》は、ハッと顔《かお》をあげて、凍《こお》りついた。

海《うみ》の上《うえ》を漂《ただよ》うもやの中《なか》に、黒々《くろぐろ》とした巨大《きょだい》な影《かげ》が現《あらわ》れたのだ。

それは、大《おお》きな2本《ほん》のツノを生《は》やしたぶきみな影《かげ》——悪魔《あくま》の顔《かお》だった。

漂《ただよ》うもやとともに、巨大《きょだい》な悪魔《あくま》の顔《かお》がゆらゆらと揺《ゆ》れながら、こちらに迫《せま》ってくる。

「うわあああっ!!」

健太《けんた》は叫《さけ》び声《ごえ》をあげながら、その場《ば》から駆《か》け出《だ》した。

「悪魔《あくま》だ！　やっぱりこの海岸《かいがん》は、悪魔《あくま》の棲《す》む海岸《かいがん》だったんだ!!」

そのまま転《ころ》がるような勢《いきお》いで堤防《ていぼう》をはいあがると、健太《けんた》は海岸《かいがん》から逃《に》げ出《だ》していった。

気《き》がつくと、健太《けんた》は知《し》らない場所《ばしょ》にいた。

（……ここ、どこ？）

あたりは、すでに暗《くら》くなっていた。

「真実《しんじつ》くん……美希《みき》ちゃん……」

健太《けんた》の頭《あたま》に、真実《しんじつ》と美希《みき》が、もがきながら砂《すな》の中《なか》に消《き》えていく姿《すがた》が、スローモーションのようによみがえる。

（ふたりがあんなことになったのに、なんでぼく、逃《に》げ出《だ》したりしたんだ!?）

後悔《こうかい》がドッと押《お》し寄《よ》せてきて、健太《けんた》は居《い》ても立《た》ってもいられなくなった。

（海岸《かいがん》に戻《もど》らなきゃ……！）
健太《けんた》はきびすを返《かえ》し、来《き》た道《みち》を引《ひ》き返《かえ》しはじめる。
（真実《しんじつ》くん、美希《みき》ちゃん、待《ま》ってて！　今《いま》、助《たす》けに行《い》くからね！）
心《こころ》の中《なか》で叫《さけ》びながら、健太《けんた》は足早《あしばや》に歩《ある》いた。

しかし、行《い》けども行《い》けども、砂浜《すなはま》は見《み》つからない。

(どっかで道《みち》を間違《まちが》えたのかな……?)

あたりを見回《みまわ》すが、そこにあるのは闇《やみ》、闇《やみ》、闇《やみ》――。

「砂浜《すなはま》はどこ!? どこにあるの!?」

健太《けんた》はあせりながら、やみくもに走《はし》った。

どれくらい走《はし》り続《つづ》けたのだろう……?

健太《けんた》は、ゼーゼーと息《いき》を切《き》らしながら立《た》ち止《ど》まった。

歩《ある》いても、走《はし》っても、海岸《かいがん》にはたどり着《つ》けない。

「真実《しんじつ》くん……美希《みき》ちゃん……」

ふたりの名《な》をつぶやき、健太《けんた》はせつない思《おも》いをかみしめた。

悪魔《あくま》の棲《す》むあの海岸《かいがん》に、ふたりはのみこまれてしまったのだろうか?

(だとしたら、もう……)

健太《けんた》の目《め》からは、涙《なみだ》が今《いま》にもあふれそうになった。

しかし、健太《けんた》はグッと歯《は》を食《く》いしばってこらえた。

(泣《な》くもんか!)

健太《けんた》は、涙《なみだ》をぬぐおうとして、握《にぎ》りしめていたメロンソーダのペットボトルに気《き》づく。

それを見《み》て、健太《けんた》はハッとした。

(真実《しんじつ》くんは、このメロンソーダを最後《さいご》にぼくに投《な》げた……どういうことだろう?)

よくはわからないが、とにかく何《なに》かのヒントに違《ちが》いない、と健太《けんた》は思《おも》った。

(きっと真実《しんじつ》くんは、ぼくにこのナゾを解《と》いて、助《たす》けてほしいと言《い》いたかったんだ!)

ふたりは絶対《ぜったい》に生《い》きている。とにかく助《たす》けに行《い》かなくては……と、健太《けんた》は心《こころ》の中《なか》で強《つよ》く思《おも》った。

健太《けんた》は重《おも》い足《あし》を引《ひ》きずって、ふたたび歩《ある》きはじめた。

一晩中《ひとばんじゅう》、歩《ある》き続《つづ》け、ふと気《き》づくと、あたりはもう白《しら》みはじめていた。

(もうすぐ夜《よる》が明《あ》ける……?)

健太《けんた》が空《そら》を見上《みあ》げた、そのとき――。

自分《じぶん》のまわりをパタパタと飛《と》び回《まわ》るオキナワカラスアゲハが目《め》に留《と》まった。

（この蝶《ちょう》は、あのお花畑《はなばたけ》にいた……？）

健太《けんた》は食《く》い入《い》るように蝶《ちょう》を見《み》つめ、そして、思《おも》った。

（この蝶《ちょう》のあとについていけば、あのお花畑《はなばたけ》に出《で》られるかも……！）

「蝶《ちょう》くん、道案内《みちあんない》を頼《たの》むよ！」

健太《けんた》はそう言《い》うと、オキナワカラスアゲハのあとを追《お》いかけはじめた。


「やった！　着《つ》いたぞ!!」

オキナワカラスアゲハのあとを追《お》いかけた健太《けんた》は、ハイビスカスの花畑《はなばたけ》にたどり着《つ》き、そこからさらに堤防《ていぼう》を越《こ》えて、「人食《ひとく》い浜《はま》」に出《で》たのだった。

海岸《かいがん》には、あいかわらずもやが立《た》ち込《こ》め、ぶきみな景色《けしき》を見《み》せていた。

しかし、健太《けんた》は、もう怖《こわ》いとは思《おも》わなかった。

真実《しんじつ》たちを助《たす》ける――その思《おも》いだけで心《こころ》の中《なか》がいっぱいになっていたのである。

そのとき、水平線《すいへいせん》から、まばゆい朝日《あさひ》が差《さ》しはじめた。

すると、目《め》の端《はし》に2本《ほん》のツノを持《も》つ影《かげ》が見《み》えた。

健太《けんた》は一瞬《いっしゅん》、ギクリとしたが、よく見《み》るとそれは「心《こころ》のふるさと　阿久磨島《あくまじま》」と書《か》かれた看板《かんばん》であることがわかった。

朝日《あさひ》が逆光《ぎゃっこう》となって、2本《ほん》のツノのある阿久磨島《あくまじま》をかたどった看板《かんばん》の形《かたち》が、黒《くろ》く見《み》えていただけだったのである。

(この看板《かんばん》の形《かたち》、あのとき現《あらわ》れた悪魔《あくま》の顔《かお》と同《おな》じだ……。……そういえば、あのとき……)

巨大《きょだい》な悪魔《あくま》の顔《かお》が出現《しゅつげん》する前《まえ》、あたりが一瞬明《いっしゅんあか》るくなったことを、健太《けんた》は思《おも》い出《だ》した。

(急《きゅう》に明《あか》るくなって、もやの中《なか》に巨大《きょだい》な影《かげ》……?)

それと同《おな》じ現象《げんしょう》を、健太《けんた》は以前《いぜん》、どこかで見《み》たことがあるような気《き》がした。

(ええと、あれはたしか……そうだ、プールだ!)

以前《いぜん》、真実《しんじつ》と学校《がっこう》の七不思議《ななふしぎ》の最後《さいご》のナゾを解《と》いたときのことを、健太《けんた》は思《おも》い出《だ》す。

あのとき、旧校舎《きゅうこうしゃ》のプールの霧《きり》の中《なか》に巨人《きょじん》の影《かげ》が浮《う》かび上《あ》がったが、実《じつ》はそれは、《ブロッケン現象《げんしょう》》と呼《よ》ばれるもので、車《くるま》のライトに照《て》らされた自分《じぶん》の影《かげ》が霧《きり》に映《うつ》っていただけだとわかった。

「……これも同《おな》じブロッケン現象《げんしょう》？　……そうか！　あの悪魔《あくま》の顔《かお》は、ライトに照《て》らされたこの看板《かんばん》の影《かげ》だったんだ！」

健太《けんた》は、思《おも》わず声《こえ》に出《だ》して叫《さけ》んだ。

（あのとき、海岸《かいがん》には誰《だれ》かもうひとりいて、うしろから看板《かんばん》にライトを当《あ》てていたんだ！）

怪奇現象《かいきげんしょう》は誰《だれ》かがわざと起《お》こしたものだ、と健太《けんた》は確信《かくしん》する。

（人《ひと》を食《た》べるこの砂浜《すなはま》にも、絶対《ぜったい》に何《なに》かトリックがあるはずだ！　よーし！　ぼくが解《と》き明《あ》かしてみせるぞ！）

健太《けんた》は元気《げんき》を出《だ》すため、メロンソーダを飲《の》もうとキャップを開《あ》ける。

すると、ペットボトルの中《なか》から、勢《いきお》いよく泡《あわ》が噴《ふ》き出《だ》してきた。

メロンソーダのぶくぶくと泡立《あわだ》つ水面《すいめん》を見《み》て、「あれ？」と、健太《けんた》は思《おも》った。

（……砂浜《すなはま》で見《み》たのと似《に》てる！）

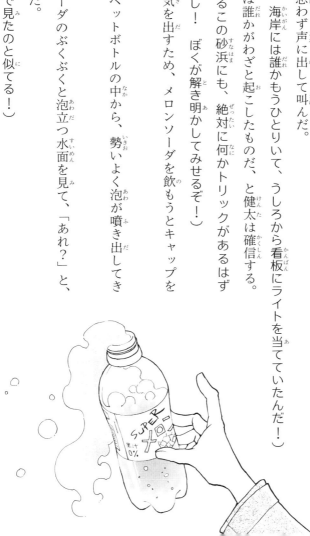

ぶくぶくと泡立《あわだ》ちながら、液体《えきたい》のようになって、真実《しんじつ》たちをのみこんでいった砂浜《すなはま》のことを、健太《けんた》は思《おも》い出《だ》していた。

（あの砂浜《すなはま》でも、これと同《おな》じことが起《お》きたのかもしれない……そういえば……）

砂《すな》が液体《えきたい》のようになっているあいだ、シューという音《おと》が聞《き》こえてきたことを、健太《けんた》は思《おも》い出《だ》す。

「……そうか、砂浜《すなはま》が泡立《あわだ》っていたのは……そういうことだったのか」

健太《けんた》の中《なか》で何《なに》かがひらめいた。

解《かい》決《けつ》編《へん》

「真実《しんじつ》くんは、メロンソーダのように、何《なに》かの気《き》体《たい》が砂浜《すなはま》を泡立《あわだ》たせていると言《い》いたかったんだ！」

しくみはよくわからないが、この海岸《かいがん》は気《き》体《たい》が混《ま》ざることによって、「人食《ひとく》い浜《はま》」に変《か》わる。シューという奇妙《きみょう》な音《おと》も、機械《きかい》が気体《きたい》を噴《ふ》き出《だ》す音《おと》なのかもしれない。

それならば、どこかに気体《きたい》を出《だ》したり止《と》めたりするスイッチがあるはずだ——と、健太《けんた》は思《おも》った。

（それと、看板《かんばん》に光《ひかり》を当《あ》てたライトもどこかにあるはずだ……たぶん、この阿久磨島《あくまじま》の看板《かんばん》のうしろのほうに……）

炭酸飲料《たんさんいんりょう》

メロンソーダなどの炭《たん》酸飲料《さんいんりょう》は、強《つよ》い圧力《あつりょく》をかけて二酸化炭素《にさんかたんそ》（炭《たん》酸《さん》ガス）が溶《と》かされている。ボトルに封《ふう》じ込《こ》められている。ボトルのキャップを開《あ》けると、一気《いっき》に圧力《あつりょく》が下《さ》がるので、溶《と》けていた二酸化《にさんか》炭素《たんそ》が泡《あわ》になって出《で》てくるのだ。

健太《けんた》はそう思《おも》いながら、看板《かんばん》にまっすぐライトを当《あ》てられる場所《ばしょ》のあたりを探《さが》す。

すると、背後《はいご》の草《くさ》むらの中《なか》に、何《なに》やらスイッチのようなレバーがあることに気《き》づいた。

そのかたわらにはライトがくくりつけられている。

（犯人《はんにん》は、このスイッチで海岸《かいがん》を「人食《ひとく》い浜《はま》」に変《か》え、このライトを看板《かんばん》に当《あ》てて、悪魔《あくま》の顔《かお》を出《しゅつ》現《げん》させていたんだ！）

自分《じぶん》の推理《すいり》が裏付《うらづ》けられ、健太《けんた》はうれしくなり、思《おも》わず「やった〜!!」と、飛《と》び上《あ》がって大声《おおごえ》で叫《さけ》んだ。

そのとき——。

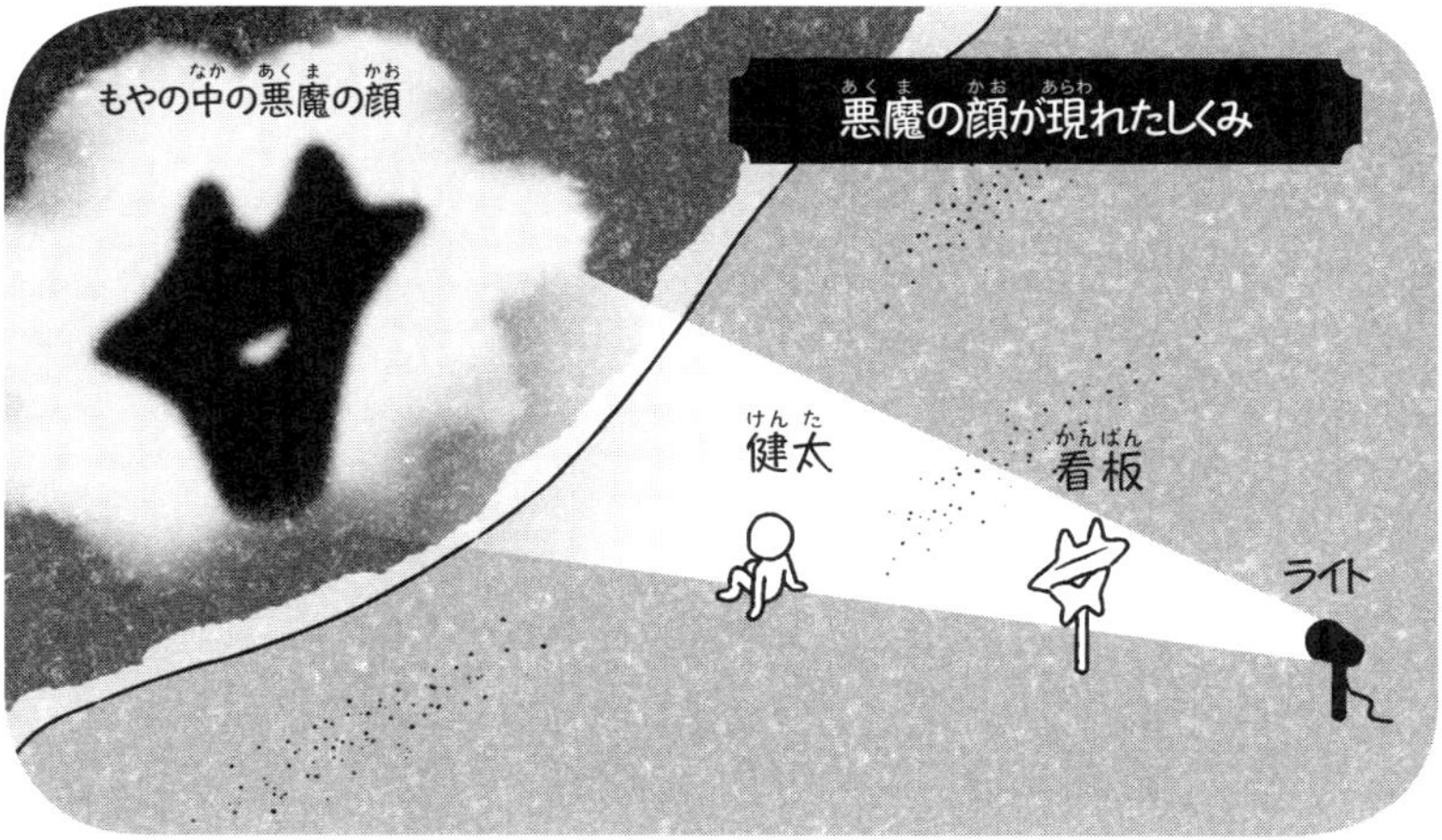

『健太《けんた》くん、そこにいるのかい？』

どこからか、真実《しんじつ》の声《こえ》が聞《き》こえてきた。

「真実《しんじつ》くん⁉　どこ⁉　どこにいるの⁉」

健太《けんた》は叫《さけ》びながら、声《こえ》のするほうへ駆《か》け寄《よ》っていく。

『……ここだよ』

真実《しんじつ》の声《こえ》が聞《き》こえてきたのは、スイッチとライトの近《ちか》くの草《くさ》むらにあるパイプの中《なか》からだった。

「真実《しんじつ》くん！　無事《ぶじ》だったんだね！」

パイプの穴《あな》に向《む》かって、健太《けんた》は声《こえ》を限《かぎ》りに叫《さけ》ぶ。

『ああ、無事《ぶじ》さ。美希《みき》さんも一緒《いっしょ》だ』と、真実《しんじつ》の声《こえ》が答《こた》えた。

「人食《ひとく》い浜《はま》」にのみこまれた真実《しんじつ》と美希《みき》は、砂《すな》の下《した》につくられた小部屋《こべや》の中《なか》に落《お》ち、そこで一晩《ひとばん》を過《す》ごしたという。

幸《さいわ》い部屋《へや》には空気穴《くうきあな》があり、ふたりは窒息《ちっそく》せずにすんだ。

今《いま》、健太《けんた》と話《はな》しているパイプが、その空気穴《くうきあな》だという。


「……よかった……ホントによかった……」


健太《けんた》は、あふれる涙《なみだ》をこらえきれない。

涙《なみだ》をぬぐうと、健太《けんた》は真実《しんじつ》に言《い》った。

「真実《しんじつ》くんが投《な》げてくれたメロンソーダの意味《いみ》、ようやくわかったよ！」

真実《しんじつ》に、自分《じぶん》の推理《すいり》を語《かた》って聞《き》かせる健太《けんた》。

するとパイプの中《なか》からは、『そのとおりだ、健太《けんた》くん』という真実《しんじつ》の声《こえ》が返《かえ》ってきた。

『この海岸《かいがん》の一部《いちぶ》は、すりばち状《じょう》の砂場《すなば》になっていて、下《した》から気体《きたい》——この場合《ばあい》は空気《くうき》を送《おく》り込《こ》むしかけになっている』

砂《すな》の下《した》から空気《くうき》を送《おく》ると、砂《すな》を持《も》ち上《あ》げる空気《くうき》の力《ちから》で砂《すな》の1粒《つぶ》1粒《つぶ》が自由《じゆう》に動《うご》けるようになり、まるで液体《えきたい》のようなふるまいをするのだ、と真実《しんじつ》は言《い》う。

『《流動層《りゅうどうそう》》と呼《よ》ばれるものさ』

「人食《ひとく》い浜《はま》」にのみこまれたとき、真実《しんじつ》は、すぐにそれが《流動層《りゅうどうそう》》であることに気《き》がついた。そして、「気体《きたい》の泡《あわ》」というヒントを示《しめ》すため、健太《けんた》にメロンソーダのペットボトルを投《な》げたのだ。

『すりばち状《じょう》の砂場《すなば》の底《そこ》にはフタつきの

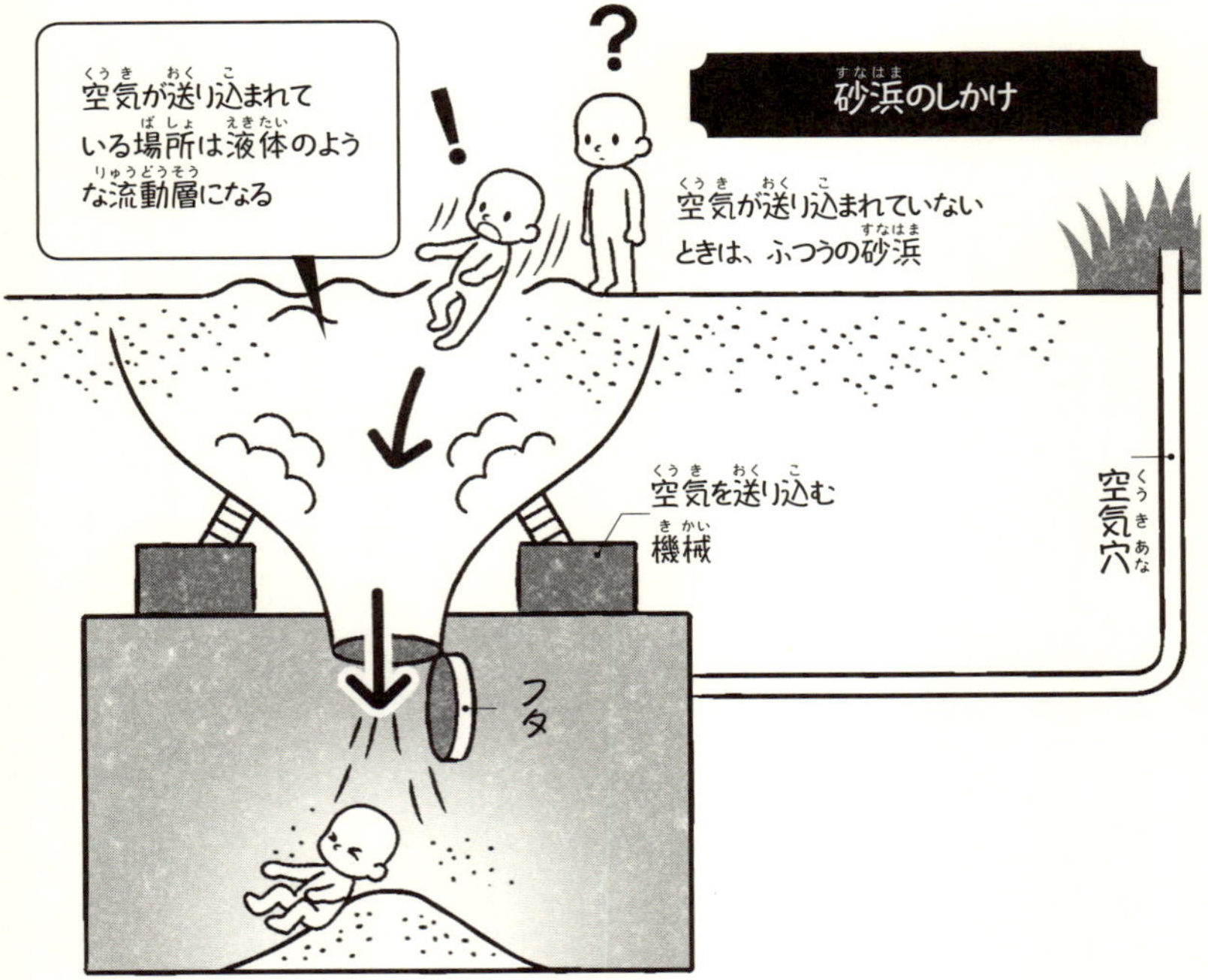

穴《あな》がある。ふだんはフタが閉《と》じているが、砂場《すなば》が《流動《りゅうどう》層《そう》》になると同時《どうじ》に、連動《れんどう》して開《ひら》くようになっている。だが、そのフタは一定時間《いっていじかん》が経《た》つと閉《し》まってしまう』

真実《しんじつ》たちが《流動層《りゅうどうそう》》にのみこまれると同時《どうじ》にフタが開《ひら》いて、真実《しんじつ》と美希《みき》はすりばちの底《そこ》の穴《あな》を通《とお》って、下《した》の小部屋《こべや》に落《お》ちた。だが、すぐにフタは閉《し》まってしまい、出《で》られなくなったという。

「じゃあ、真実《しんじつ》くんたちを助《たす》けるには、もう一度《いちど》《流動《りゅうどう》層《そう》》のスイッチを入《い》れればいいの？」

健太《けんた》の問《と》いに、『そのとおりさ』と真実《しんじつ》は答《こた》える。

『具体的《ぐたいてき》な方法《ほうほう》については、今《いま》から説明《せつめい》するよ』

真実《しんじつ》が考《かんが》えた方法《ほうほう》に従《したが》い、健太《けんた》は、ふたりの救出作《きゅうしゅつさく》戦《せん》を実行《じっこう》した。

まず、堤防《ていぼう》を越《こ》えるときに使《つか》ったロープの先端《せんたん》に、石《いし》

液体《えきたい》と固体《こたい》の違《ちが》い

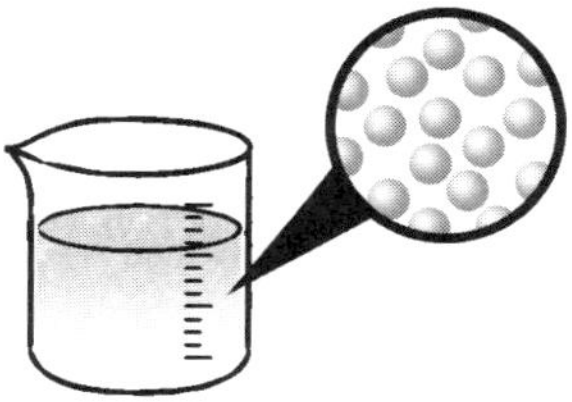

液体《えきたい》は分子《ぶんし》の粒《つぶ》が
自由《じゆう》に動《うご》き回《まわ》っているので
決《き》まった形《かたち》を保《たも》ったり
物《もの》を支《ささ》えたりできない。

固体《こたい》は分子《ぶんし》の粒《つぶ》が
きっちりと並《なら》んでいるので
決《き》まった形《かたち》を保《たも》ったり
物《もの》を支《ささ》えたりできる。

の重《おも》りをつけ、砂浜《すなはま》の上《うえ》に置《お》く。ロープの片側《かたがわ》は、海岸《かいがん》の太《ふと》い木《き》に結《むす》びつけられている。

次《つぎ》に、スイッチを入《い》れて砂浜《すなはま》を《流動層《りゅうどうそう》》に変《か》え、石《いし》の重《おも》りをつけたロープを沈《しず》み込《こ》ませて、真実《しんじつ》たちのいる小部屋《こべや》に送《おく》る。

そして、ふたたび健太《けんた》がスイッチを入《い》れ、砂浜《すなはま》が《流動層《りゅうどうそう》》になっているあいだに、真実《しんじつ》と美希《みき》はそのロープをつたい、「人食《ひとく》い浜《はま》」から脱出《だっしゅつ》したのだった。


「やった！　救出作戦《きゅうしゅつさくせん》、大成功《だいせいこう》!!」


小躍《こおど》りする健太《けんた》。

「できれば、もっと早《はや》く救出《きゅうしゅつ》してほしかったわね」

美希《みき》に言《い》われ、健太《けんた》はたちまちシュンとする。

「ご、ごめん……」

「ウソよ。感謝《かんしゃ》してるわ。助《たす》けてくれてありがとう、健太《けんた》くん」

美希《みき》は笑《わら》いながら言《い》う。

「キミが必《かなら》ず助《たす》けに来《き》てくれるって信《しん》じていたよ」

真実《しんじつ》もほほえみながら言《い》う。

その言葉《ことば》を聞《き》いて、健太《けんた》は心《こころ》の底《そこ》から湧《わ》き上《あ》がるような喜《よろこ》びを感《かん》じた。

「『人食《ひとく》い浜《はま》』にのみこまれたおかげで、重要《じゅうよう》な手《て》がかりを得《え》ることができたよ」

「えっ？　どういうこと？」

「父《とう》さんの手帳《てちょう》を見《み》つけたんだ」

真実《しんじつ》はそう言《い》うと、手《て》にした古《ふる》い手帳《てちょう》を健太《けんた》に示《しめ》す。

その手帳《てちょう》は、《流動層《りゅうどうそう》》の下《した》の小部屋《こべや》の砂《すな》の中《なか》に埋《う》められていたという。

「きっと父《とう》さんも、『人食《ひとく》い浜《はま》』にのまれたんだ。そして、教団《きょうだん》に捕《と》らえられた。父《とう》さんはそのとき、とっさに砂《すな》の中《なか》に、この手帳《てちょう》を隠《かく》したに違《ちが》いない」

手帳《てちょう》には、ホームズ学園《がくえん》の校章《こうしょう》と同《おな》じマークが描《えが》かれたブックカバーがついていた。

しかし、なぜかそれは逆《さか》さまにつけられている。

真実《しんじつ》は手帳《てちょう》を開《ひら》いて、ふたりに告《つ》げた。

「父《とう》さんは、やはり横川《よこかわ》さんに会《あ》っていた。横川《よこかわ》さんから聞《き》き取《と》った、島民《とうみん》が消《き》えたときのようすが、ここに書《か》いてあるよ」
健《けん》太《た》と美《み》希《き》は、真《しん》実《じつ》が示《しめ》した手《て》帳《ちょう》のページを、おそるおそるのぞき込《こ》んだ。

あの日《ひ》、オレは昼間《ひるま》に漁《りょう》を終《お》えて、家《いえ》に帰《かえ》ってきた。

「ただいまあ」

と玄関《げんかん》を開《あ》けても、静《しず》まりかえっている。

「おい、誰《だれ》もいないのかあ？」

声《こえ》をかけても、返事《へんじ》がない。

妙《みょう》な胸騒《むなさわ》ぎを感《かん》じてね。

台所《だいどころ》にやってくると、まな板《いた》には切《き》りかけたままのネギがあった。

ガスコンロでは、味噌汁《みそしる》の入《はい》った鍋《なべ》から湯気《ゆげ》が立《た》っていたんだ。

風呂《ふろ》かな……？

妻《つま》はいつも風呂《ふろ》をためて待《ま》っていてくれるから、そう思《おも》った。

風呂《ふろ》をのぞいてみると、湯船《ゆぶね》のお湯《ゆ》はたまっていたが、やはり妻《つま》の姿《すがた》はない。

庭《にわ》では、まだ取《と》り込《こ》まれていない、洗濯物《せんたくもの》の白《しろ》いシーツが揺《ゆ》れていた。

まるで家《いえ》から、ついさっきまで生活《せいかつ》していた妻《つま》だけ、蒸発《じょうはつ》したみたいだった。

胸《むね》の鼓動《こどう》がだんだんと高鳴《たかな》るのに気《き》づいた。

（となりの家《いえ》の人《ひと》と、お茶《ちゃ》でもしているのかな）

オレは、サンダルをはいて、あわてて30メートル先《さき》の隣家《りんか》を訪《おとず》れた。

だが、その家《いえ》も、誰《だれ》もいなくなっていた……。


妻《つま》や島民《とうみん》たちに、「何《なに》かが起《お》きた」ことを実感《じっかん》しはじめたオレは、軽《けい》トラックに乗《の》って、無《む》我《が》夢《む》中《ちゅう》で島民《とうみん》がいそうな場所《ばしょ》を捜《さが》して回《まわ》った。

だが、島《しま》の集会所《しゅうかいじょ》にも、日用雑貨《にちようざっか》を扱《あつか》う店《みせ》にも、田《た》や畑《はたけ》にも……人《ひと》っ子《こ》ひとりいなかった。

（オレは、いま夢《ゆめ》の中《なか》にいるんじゃなかろうか？）

そして、ばかげた考《かんが》えが頭《あたま》をよぎった。

オレが知《し》らないあいだに、大《おお》きな豪華客船《ごうかきゃくせん》で、みんなで旅行《りょこう》に出《で》かけたのかもしれない。

ひとまず冷静《れいせい》になろうと、家《いえ》に戻《もど》ってみた。

すると、さっきはあわてていて気《き》づかなかったが、テーブルの下《した》に書《か》き置《お》きが落《お》ちていた。

「教団《きょうだん》に行《い》きます。すぐに来《き》てください」

と、妻《つま》の手書《てが》きの文字《もじ》で書《か》かれていた。

オレは、あわてて教団《きょうだん》の建物《たてもの》に向《む》かった。

そして妻《つま》を捜《さが》し回《まわ》った。

丘《おか》にやってきたときに、ついに見《み》つけたんだ……。

そこは教団《きょうだん》の祈《いの》りの場《ば》とされている場所《ばしょ》……はるか昔《むかし》、島《しま》に隕石《いんせき》が落《お》ちてできたクレーターを、教団《きょうだん》が改造《かいぞう》してつくったと聞《き》いたことがある。

そのくぼ地《ち》に、身《み》を潜《ひそ》めて集《あつ》まっている島民《とうみん》たちの姿《すがた》があった……。

「おーい！」

大《おお》きな声《こえ》をあげ、オレは大《おお》きく手《て》を振《ふ》った。

だが、島民《とうみん》たちはいっこうにこちらを見《み》ない。

みんな身《み》を寄《よ》せ合《あ》って、手《て》を組《く》み、何《なに》か祈《いの》っているようなようすだった。

妻《つま》の姿《すがた》も見《み》つけた。必死《ひっし》に目《め》をつぶって祈《いの》っていた。

「おい！　オレだ、何《なに》してる!?」

呼《よ》びかけても、妻《つま》や島民《とうみん》たちは、おびえて祈《いの》るばかりで、こちらに気《き》づかない。

しきりに、何《なに》か祈《いの》りの言葉《ことば》を口《くち》ずさむかのように、口元《くちもと》が動《うご》いていた……。

何度《なんど》もくぼ地《ち》の上《うえ》から手《て》を振《ふ》って、大声《おおごえ》で呼《よ》びかけてみるが、それでも気《き》づかない。

不思議《ふしぎ》なことに、島民《とうみん》たちの声《こえ》もこちらに聞《き》こえないのだ。

自分《じぶん》が透明人間《とうめいにんげん》になったような気分《きぶん》になったオレは、みんなに近《ちか》づこうとしたが、柵《さく》があり、近《ちか》づけなかった。

そして、そのときだった。

目《め》の前《まえ》で島民《とうみん》60人《にん》が、一瞬《いっしゅん》にして消《き》えたのだ。


悪魔《あくま》のしわざだ……。

島《しま》に封印《ふういん》されていた悪魔《あくま》が解《と》き放《はな》たれたのだ。

オレは、今《いま》までいっさい、悪魔《あくま》や呪《のろ》いというものを信《しん》じていなかった。

その罰《ばつ》として、悪魔《あくま》は目《め》の前《まえ》で妻《つま》や島民《とうみん》を、一瞬《いっしゅん》にして、あの世《よ》に全員《ぜんいん》連《つ》れ去《さ》ってしまったんだ……。

ぼう然《ぜん》として顔《かお》をあげると、そこには、悪魔《あくま》のツノのような、ふたつの山《やま》があった。

まるで悪魔《あくま》がオレを見下《みお》ろしているようだった……。

横川《よこかわ》の証言《しょうげん》を読《よ》み終《お》えた健太《けんた》と美希《みき》は、重苦《おもくる》しい気持《きも》ちで、しばらく手帳《てちょう》の文字《もじ》を見《み》つめていた。

ようやくふたりが口《くち》を開《ひら》いた。

「島《しま》の人《ひと》たちは祈《いの》りを捧《ささ》げるために、教団《きょうだん》の祈《いの》りの場《ば》に集《あつ》められたのね」

「そして、祈《いの》っている最中《さいちゅう》に、全員《ぜんいん》が一瞬《いっしゅん》で消《き》えた……」

真実《しんじつ》は、小《ちい》さくうなずいて言葉《ことば》を続《つづ》けた。

「この手帳《てちょう》には、教団施設《きょうだんしせつ》の場所《ばしょ》も記《しる》されてあった」

真実《しんじつ》の言葉《ことば》に、

「それって、敵《てき》の本拠地《ほんきょち》ってこと？」

と、健太《けんた》は問《と》い返《かえ》す。

「そこへ行《い》けば、真実《しんじつ》くんのお父《とう》さんに会《あ》えるんだね!?」

「会《あ》えるかどうかはわからない……でも、限《かぎ》りなく父《とう》さんがいる場所《ばしょ》に近《ちか》づいた気《き》がする」

真実《しんじつ》は力強《ちからづよ》く答《こた》えた。

そして、手帳《てちょう》のブックカバーをじっと見《み》た。

「気《き》になるのは、逆《さか》さまにつけられたこのブックカバーだ。父《とう》さんはぼくに何《なに》かを伝《つた》えようとしているのかもしれない……」

3

SCIENCE TRICK DATA FILE

科学《かがく》トリック データファイル

「底《そこ》なし沼《ぬま》」にはまったら？

3章《しょう》に出《で》てきた「人食《ひとく》い浜《はま》」は、流動層《りゅうどうそう》の原理《げんり》を使《つか》って人工的《じんこうてき》につくったものでした。しかし、ひとたび足《あし》を踏《ふ》み入《い》れると体《からだ》がズブズブと沈《しず》み込《こ》んで出《で》られなくなる、いわゆる「底《そこ》なし沼《ぬま》」は、日本《にほん》にもたくさんあります。

「底《そこ》なし沼《ぬま》」の地盤《じばん》は、水《みず》をたくさん含《ふく》んだ砂《すな》でできています。ふつうの砂地《すなち》や、小《ちい》さな水《みず》たまりのように見《み》えても、踏《ふ》みしめて重《おも》みをかけると地盤《じばん》が崩《くず》れ、液体《えきたい》のようになってしまいます。

「底《そこ》なし沼《ぬま》」の抜《ぬ》け出《だ》し方《かた》

もがくとどんどん沈《しず》み込《こ》んでしまうので、あわてず、次《つぎ》のような方法《ほうほう》で抜《ぬ》け出《だ》そう。

1 足《あし》を大《おお》きくゆっくりと動《うご》かして、足《あし》を動《うご》かせるすきまをつくる。

2 沼《ぬま》に浮《う》かぶようなイメージであおむけになる。

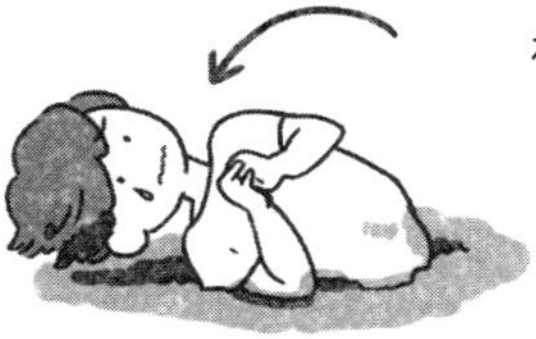

3 そのまま背泳《せおよ》ぎのように手《て》を動《うご》かし岸《きし》までたどりつこう。足《あし》が沼《ぬま》から出《で》たら、沼《ぬま》の上《うえ》に大《だい》の字《じ》に寝転《ねころ》ぶ感《かん》じに。

※必《かなら》ず大声《おおごえ》で助《たす》けを呼《よ》ぼう!

※3章《しょう》の「人食《ひとく》い浜《はま》」は、底《そこ》があいて砂《すな》ごと下《した》に落《お》ちるしくみなので、この方法《ほうほう》では抜《ぬ》け出《だ》せません。

人《にん》間《げん》消《しょう》滅《めつ》

消滅《しょうめつ》した島《しま》4

事《じ》件《けん》編《へん》

手帳《てちょう》に書《か》かれた手《て》がかりをもとに、真実《しんじつ》たち3人《にん》は、島《しま》の奥《おく》にある、教団《きょうだん》の本拠地《ほんきょち》にやってきた。

そこには、自然《しぜん》あふれる島《しま》の風景《ふうけい》とはそぐわぬ、鉄製《てつせい》の柵《さく》でできた大《おお》きな門《もん》があった。

門《もん》の左右《さゆう》には、真《ま》っ白《しろ》なレンガの塀《へい》がどこまでも伸《の》びている。

「……これって、なんか見覚《みおぼ》えあるわよ」

門《もん》を前《まえ》にして、美希《みき》がつぶやいた。

門《もん》の上《うえ》の部分《ぶぶん》には鉄製《てつせい》の柵《さく》で飾《かざ》りがつくられているが、ところどころがすでに朽《く》ちて、中央《ちゅうおう》の部分《ぶぶん》は抜《ぬ》け落《お》ちている。

「……あ、これが落《お》ちたのかな？」

健太《けんた》は、地面《じめん》に落《お》ちている鉄《てつ》の丸《まる》い板《いた》に気《き》づき、裏返《うらがえ》してみた。

それは、ふたりの天使《てんし》が炎《ほのお》のあがるフラスコを支《ささ》える、見覚《みおぼ》えのあるエンブレムだった。

「ホームズ学園《がくえん》の校章《こうしょう》だ！」

美希《みき》も、そのエンブレムをまじまじと見《み》つめた。

「見《み》たことあると思《おも》ったら、この門《もん》、ホームズ学園《がくえん》の正門《せいもん》とそっくりじゃないの」

「ここ、ホームズ学園《がくえん》と、何《なに》か関係《かんけい》があるのかな？」

いやな予感《よかん》が健太《けんた》の体《からだ》を覆《おお》いつくし、心拍数《しんぱくすう》を高《たか》めた。

「とにかく、入《はい》ってみよう」

真実《しんじつ》の髪《かみ》が、強《つよ》い風《かぜ》になびく。髪《かみ》ごしに建物《たてもの》を見《み》すえた真実《しんじつ》は、門《もん》のほうへ力強《ちからづよ》く踏《ふ》み出《だ》した。

ギイーーッ

入《い》り口《ぐち》の鉄門《てつもん》には鍵《かぎ》がかかっていなかった。

真実《しんじつ》たちは、警戒《けいかい》しながら門《もん》の中《なか》へと入《はい》っていく。

「建物《たてもの》まで、ホームズ学園《がくえん》、そのまんまだ……」

思《おも》わず溜《た》め息《いき》をもらす健太《けんた》。

ホームズ学園《がくえん》の校章《こうしょう》
火《ひ》をあげるふたりの天使《てんし》がデザインされている。仲間《なかま》と支《ささ》えあって、科学《かがく》を善《ぜん》のものとして使《つか》うべきだという意味《いみ》が込《こ》められている。

美希《みき》は、ガランとした敷地内《しきちない》を見回《みまわ》した。

「教団《きょうだん》の人《ひと》たちも、島民《とうみん》と一緒《いっしょ》に消《き》えちゃったってことよね」

「中《なか》を見《み》て回《まわ》ろう」

真実《しんじつ》はそう言《い》って、建物《たてもの》へと入《はい》っていく。

健太《けんた》と美希《みき》もあとに続《つづ》いた。

3人《にん》でひとつひとつ部屋《へや》を確認《かくにん》していく。

会議室《かいぎしつ》には大《おお》きなホワイトボードがあった。話《はな》し合《あ》いをしていたのか、数式《すうしき》が途中《とちゅう》まで解《と》かれて、そのままになっていた。

別《べつ》の部屋《へや》の机《つくえ》には、読《よ》みかけの本《ほん》が開《ひら》いたまま置《お》かれていた。

また別《べつ》の部屋《へや》には、実験途中《じっけんとちゅう》の器材《きざい》が放置《ほうち》されて、ほこりをかぶっていた。

(ここで過《す》ごしていた人《ひと》たちは、いったい、どこに行《い》ったんだろう……)

健太《けんた》は、とてもぶきみに感《かん》じた。

建物《たてもの》の裏《うら》には倉庫《そうこ》があった。そこには、農業用《のうぎょうよう》の肥料《ひりょう》が大量《たいりょう》に置《お》かれていた。

「すごい量《りょう》だ……」

健太《けんた》の言葉《ことば》に、真実《しんじつ》もうなずく。

「この島《しま》の農作物《のうさくぶつ》がよく育《そだ》つようになったのは、教団《きょうだん》がひそかにこの特殊《とくしゅ》な肥料《ひりょう》をまいていたためかもしれない」

美希《みき》が倉庫《そうこ》のすみを指《ゆび》さす。

「何《なに》かしら、あれ？」

そこには、担《かつ》ぐためのベルトがついた、ポリタンクが並《なら》んでいた。容器《ようき》からはチューブが伸《の》び、先《さき》には噴射《ふんしゃ》ノズルがついている。

「これ、田舎《いなか》のおじいちゃんのところで見《み》たことある！　農家《のうか》の人《ひと》が農薬《のうやく》をまくやつだ」

健太《けんた》がそう言《い》うと、真実《しんじつ》はタンクに近《ちか》づき、中《なか》をのぞいた。

「底《そこ》に白《しろ》い結晶《けっしょう》が固《かた》まっているね」

美希《みき》がほかのタンクものぞいてみる。

「こっちにも同《おな》じ結晶《けっしょう》があるわ。これって、もしかして塩《しお》じゃない？」

「……このタンクには海水《かいすい》が入《はい》っていたんだね。教団《きょうだん》の人《ひと》たちは、これを、島民《とうみん》たちの育《そだ》てていた農作物《のうさくぶつ》にまいたんだろう」

「え、何《なん》のために!?」

「農作物《のうさくぶつ》を枯《か》らすためだ」

「……そんな……」

「どうして、海水《かいすい》をかけると農作物《のうさくぶつ》が枯《か》れるの？」

「ああ。植物《しょくぶつ》の根《ね》っこは、浸透圧《しんとうあつ》という作用《さよう》を使《つか》って、土《つち》から水分《すいぶん》を吸《きゅう》収《しゅう》して育《そだ》つんだ。だけど、塩分《えんぶん》を土《つち》にまくと、逆《ぎゃく》に植物《しょくぶつ》の水分《すいぶん》が土《つち》へと流《なが》れ出《で》てしまい、枯《か》れてしまうんだ」

「肥料《ひりょう》を与《あた》えてよく育《そだ》つようにしたり、できた農作物《のうさくぶつ》を枯《か》らしたり……。ものすごく矛盾《むじゅん》してるわね」

「ひょっとして、島《しま》にこれまで起《お》こらなかったひどい赤潮《あかしお》が発生《はっせい》したのも……？」

「赤潮《あかしお》は海《うみ》の栄養分《えいようぶん》が増《ふ》えすぎたときに起《お》こる。おそらく彼《かれ》らが、海《うみ》に過《か》剰《じょう》な栄養分《えいようぶん》をまいていたんだろう」

浸透圧《しんとうあつ》
塩《しお》の濃度《のうど》が違《ちが》う水《みず》のあいだを、水《みず》だけを通《とお》す膜《まく》でへだてたとき、濃《のう》度《ど》がうすいほうの水《みず》が、濃《こ》いほうに流《なが》れて、両《りょう》方《ほう》が同《おな》じ濃《こ》さになろうとする。この力《ちから》が浸透《しんとう》圧《あつ》だ。動物《どうぶつ》や植物《しょくぶつ》の細《さい》胞《ぼう》も、水《みず》を通《とお》す膜《まく》でできているので、浸透圧《しんとうあつ》がはたらく。キュウリなどに塩《しお》をかけると水《みず》が出《で》てくるのも、浸透《しんとう》圧《あつ》のためだ。

「どうして、そんなことを……」

「すべては島民《とうみん》の心《こころ》を思《おも》いどおりに操《あやつ》るためさ。自分《じぶん》たちでその状況《じょうきょう》をつくりだし、悪魔《あくま》のしわざだとして、島民《とうみん》に悪魔《あくま》の存在《そんざい》を信《しん》じさせたんだ」

「めっちゃくちゃ極悪《ごくあく》じゃないの」

「次々《つぎつぎ》と怪奇現象《かいきげんしょう》を起《お》こしたうえに、農作業《のうさぎょう》や漁《りょう》まで邪魔《じゃま》するなんて……島《しま》の人《ひと》たちの大切《たいせつ》な生活《せいかつ》をなんだと思《おも》ってるんだろう。……いったい、教《きょう》団《だん》の人《ひと》たちは何者《なにもの》なの？」

ガランとして廃墟《はいきょ》になった建物《たてもの》に放置《ほうち》された無数《むすう》のタンクを見《み》ながら、健太《けんた》は背筋《せすじ》が凍《こお》った。

真実《しんじつ》は目《め》を伏《ふ》せて、ゆっくりと話《はな》しはじめた。

「10年前《ねんまえ》にこの島《しま》に来《き》て、30人《にん》ほどで移《うつ》り住《す》んだ『教団《きょうだん》』……。さっき、ここの門《もん》に落《お》ちていたホームズ学園《がくえん》の校章《こうしょう》のエンブレム……。10年前《ねんまえ》といえば、ホームズ学園《がくえん》では、ちょうど火災《かさい》が起《お》きて生徒《せいと》たちが行方不明《ゆくえふめい》になったころだ」

肥料《ひりょう》は赤潮《あかしお》の原因《げんいん》のひとつ
赤潮《あかしお》は、海水中《かいすいちゅう》の栄養《えいよう》が過剰《かじょう》になり、プランクトンが異常《いじょう》に増《ふ》えることで起《お》こる。主《おも》な原因《げんいん》は、農業《のうぎょう》で使《つか》う肥料《ひりょう》や、家庭《かてい》の排水《はいすい》などだ。

「そんな、まさか……」

「ああ、『教団《きょうだん》』というのは、行方不明《ゆくえふめい》になったホームズ学園《がくえん》の生徒《せいと》たちにちがいない」

健太《けんた》と美希《みき》は、衝撃《しょうげき》で言葉《ことば》をなくす。

「火災《かさい》にまき込《こ》まれて死《し》んだと思《おも》われた彼《かれ》らは、何者《なにもの》かに連《つ》れられてなのか、それとも、自《じ》分《ぶん》たちの意思《いし》でなのか……。この島《しま》に来《き》て、これらの工作活動《こうさくかつどう》を働《はたら》いていたんだろう」

「そんな……ホームズ学園《がくえん》の生徒《せいと》たちがやっていたなんて……」

健太《けんた》は、陰謀《いんぼう》のはかりしれない大《おお》きさに、溜《た》め息《いき》をついた。

「それに気《き》づいた父《とう》さんは、教《おし》え子《ご》たちを捜《さが》して、この島《しま》までやってきたんだと思《おも》う……」

健太《けんた》と美希《みき》は、真実《しんじつ》の横顔《よこがお》を見《み》つめた。

真実《しんじつ》は虚空《こくう》を見《み》つめ、お父《とう》さんのことを考《かんが》えているようだ。

「島《しま》で起《お》こった怪異《かいい》、教団《きょうだん》へと姿《すがた》を変《か》えた生徒《せいと》たち、そして父《とう》さんの行方《ゆくえ》……。すべては、１本《ぽん》の線《せん》でつながっている……。島民《とうみん》が消《き》えた場所《ばしょ》に行《い》ってみよう」

施設《しせつ》の裏口《うらぐち》を出《で》ると、そこには、なだらかな丘《おか》が広《ひろ》がっていた。

丘《おか》からは、悪魔《あくま》のツノのような、ふたつの大《おお》きな山《やま》が仰《あお》ぎ見《み》られる。

健太《けんた》はあたりを見渡《みわた》して言《い》った。

「横川《よこかわ》さんの話《はなし》にあったのは、この丘《おか》だよね」

「でも、本当《ほんとう》かしら？　60人《にん》もの人《ひと》が、目《め》の前《まえ》でパッと一瞬《いっしゅん》にして消《き》えるなんて」

美希《みき》は思《おも》わずつぶやいた。

真実《しんじつ》は、何《なに》か手《て》がかりはないだろうか、と丘全体《おかぜんたい》を見渡《みわた》した。

丘《おか》を上《のぼ》っていくと、頂上《ちょうじょう》に、周囲《しゅうい》を柵《さく》で囲《かこ》まれたくぼ地《ち》があった。

「あそこが、きっと横川《よこかわ》さんの言《い》ってた、島民《とうみん》が消《き》えた場所《ばしょ》よ！」

３人《にん》は急《いそ》いでくぼ地《ち》へと向《む》かって走《はし》り、周囲《しゅうい》の柵《さく》からくぼ地《ち》の中《なか》をのぞき込《こ》んだ。

「あれ……？人《ひと》がいるよ」

くぼ地《ち》の底《そこ》に、ひとりの白衣《はくい》を着《き》た男性《だんせい》が立《た》っていた。

その人物《じんぶつ》を見《み》た真実《しんじつ》は目《め》を見開《みひら》き、雷《かみなり》に打《う》たれたように立《た》ちすくんだ。

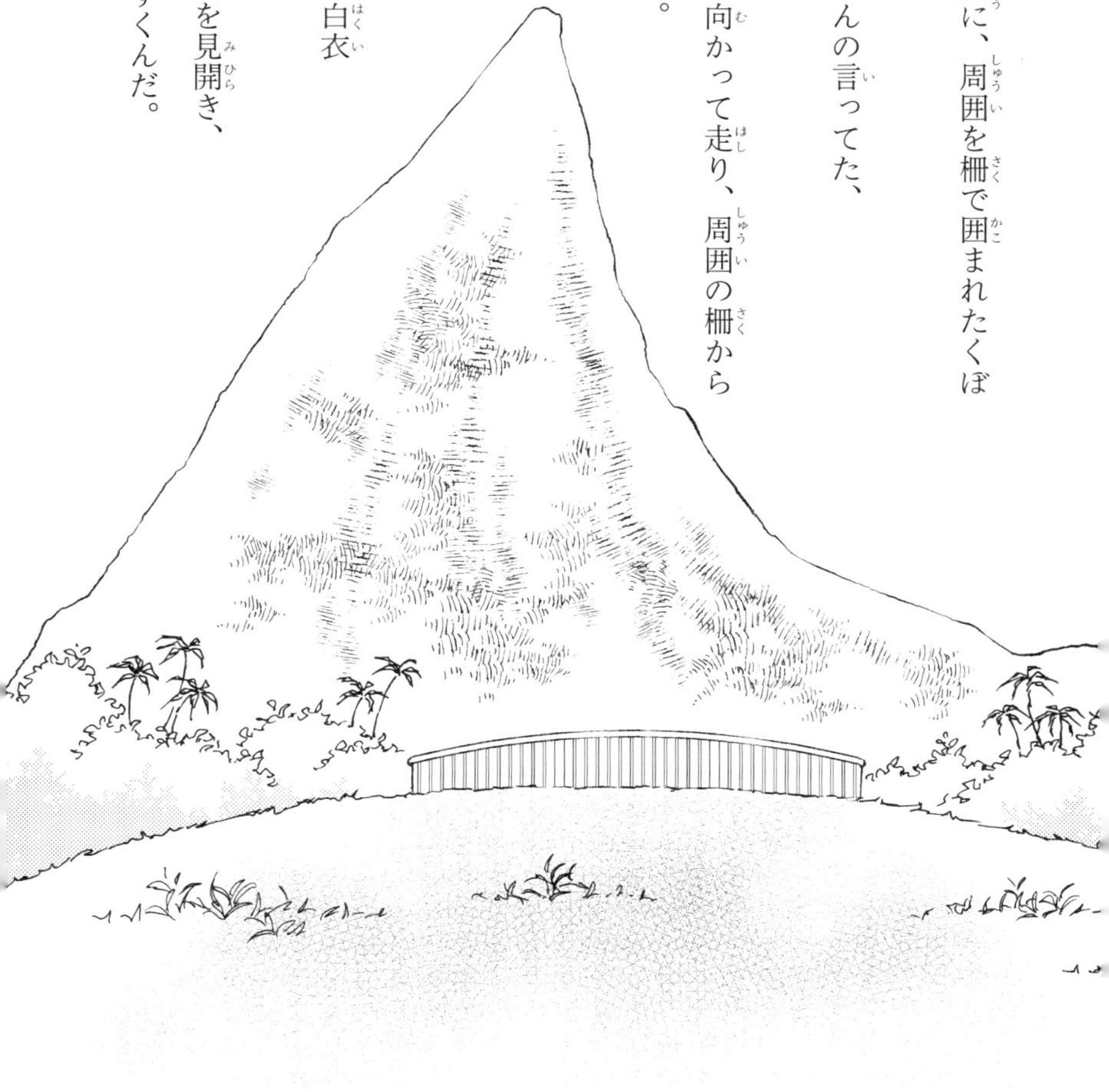

「……父《とう》さん……？」

真実《しんじつ》がポツリとつぶやいた。

そこには、なんと、真実《しんじつ》の父《ちち》・快明《かいめい》が立《た》っていたのだ。

「え、ウソ……」

「真実《しんじつ》くんの……お父《とう》さん？」

健太《けんた》と美希《みき》も、その人物《じんぶつ》の姿《すがた》を確認《かくにん》した。

それは、以前写真《いぜんしゃしん》で見《み》た、真実《しんじつ》の父《ちち》、その人《ひと》であった。

「父《とう》さん!!」

真実《しんじつ》が大声《おおごえ》で叫《さけ》ぶと、くぼ地《ち》に立《た》っていた快明《かいめい》は、こちらを見上《みあ》げた。

「真実《しんじつ》……わずかな手《て》がかりをもとに、よく、島《しま》まで追《お》いかけてきてくれたね」

快明《かいめい》は、真実《しんじつ》に向《む》かってやさしくほほえんだ。

「……やっと見《み》つけたよ……無事《ぶじ》だったんだね、父《とう》さん！」

真実《しんじつ》は、思《おも》わず柵《さく》から身《み》をのりだし、快明《かいめい》のところへ下《お》りようとする。

「危《あぶ》ないよっ、真実《しんじつ》くん」

健太《けんた》はあわてて真実《しんじつ》の肩《かた》を押《お》さえ、止《と》めた。

快明《かいめい》のいるくぼ地《ち》の底《そこ》までは、5メートルほどの崖《がけ》になっている。簡単《かんたん》には下《お》りられない。

「父《とう》さん、今《いま》、そっちに行《い》くからね！」

真実《しんじつ》は、健太《けんた》が止《と》めるのも聞《き》かず、なおも柵《さく》から身《み》をのりだそうとする。

健太《けんた》と美希《みき》は、これほど感情的《かんじょうてき》な真実《しんじつ》を見《み》るのは初《はじ》めてだった。

「**真実《しんじつ》！　来《く》るんじゃないっ**」

一喝《いっかつ》する快明《かいめい》。

「……父《とう》さん……」

真実《しんじつ》は、快明《かいめい》の言葉《ことば》にハッとしたように動《うご》きを止《と》める。

「どうやら遅《おそ》かったようだ。わたしも、島民《とうみん》たちと同《おな》じように悪魔《あくま》に消《け》されてしまうようだ……」

突然《とつぜん》、快明《かいめい》は顔《かお》をゆがめて苦《くる》しみだす。

「父《とう》さん、どうしたの!?」

そのとき、強風《きょうふう》が吹《ふ》いた。

真実《しんじつ》の髪《かみ》がなびき、健太《けんた》も美希《みき》も強《きょう》風《ふう》にあおられる。

ひとり、風《かぜ》をものともせず立《た》っている快明《かいめい》は、苦《くる》しそうな表情《ひょうじょう》で真実《しんじつ》のほうへ手《て》を必死《ひっし》に伸《の》ばす。

そして、次《つぎ》の瞬間《しゅんかん》——、

快明《かいめい》は、一瞬《いっしゅん》にして消《き》えた……。

「父《とう》さんっ!!」

真実《しんじつ》は、我《われ》を忘《わす》れて叫《さけ》ぶ。

健太《けんた》と美希《みき》は、目《め》の前《まえ》の信《しん》じられない光景《こうけい》に、思《おも》わず立《た》ちすくんだ。

「真実《しんじつ》くんのお父《とう》さんが……消《き》えた」

「島《しま》の人《ひと》たちが一瞬《いっしゅん》で消《き》えたときと同《おな》じ……」

ぼう然《ぜん》としていた健太《けんた》と美希《みき》が我《われ》に返《かえ》り、ふととなりを見《み》ると、真実《しんじつ》は力《ちから》が抜《ぬ》けたように、柵《さく》を手《て》でつかんだまま、しゃがみ込《こ》んでいた。

けっして弱気《よわき》なところを見《み》せず、いつも力強《ちからづよ》くみんなを引《ひ》っ張《ぱ》ってきた真実《しんじつ》。

そんな真実《しんじつ》が、ひどく打《う》ちひしがれている。

「真実《しんじつ》くん……」

心配《しんぱい》そうに健太《けんた》と美希《みき》は真実《しんじつ》を見守《みまも》った。

（今《いま》、真実《しんじつ》くんを支《ささ》えられるのは、ぼくたちだけだ）

健太《けんた》は、ギュッとこぶしを握《にぎ》りしめ、思《おも》わず叫《さけ》んだ。

「真実《しんじつ》くん、ほかのナゾにもトリックがあったように、このナゾにも、必《かなら》ずトリックがあるはずだよっ！」

健太《けんた》はそう言《い》うと、何《なに》か手《て》がかりはないかと、快明《かいめい》が先《さき》ほどまでいたあたりを見下《みお》ろした。

「……そうよ！　科学《かがく》で解《と》けないナゾはないはずよ」

そう言《い》って美希《みき》もあたりを見回《みまわ》す。

ようやく真実《しんじつ》も顔《かお》をあげた。そして、必死《ひっし》になってくれているふたりの横《よこ》に並《なら》んで、くぼ地《ち》を見下《みお》ろした。

冷静《れいせい》になってよく見《み》てみると、くぼ地《ち》の底《そこ》は、土《つち》ではなく、円形《えんけい》の銀色《ぎんいろ》の板《いた》になっていることに気《き》づいた。

「あ、あれ……ステレンスか、何《なに》かかな？」

「本当《ほんとう》、あそこだけ材質《ざいしつ》が違《ちが》うわね」

すると、何《なに》かを感《かん》じ取《と》った真実《しんじつ》の目《め》は、みるみるうちに強《つよ》さを取《と》り戻《もど》してゆく。

そして、考《かんが》えをめぐらせはじめる。

「そういえば……何《なに》かおかしかった。……強風《きょうふう》が吹《ふ》いたとき」

「あ、すごい風《かぜ》が吹《ふ》いたね、さっき」

「そのとき、ぼくの父《とう》さんに少《すこ》し違和感《いわかん》がなかったかい？」

健太《けんた》と、美希《みき》はじっと考《かんが》える。

美希《みき》がハッとしたように言《い》う。

「そうだわ！　強風《きょうふう》が吹《ふ》いたとき、真実《しんじつ》くんのお父《とう》さんの服《ふく》や髪《かみ》が、なぜか、いっさいなびいていなかった」

健太《けんた》は、美希《みき》の観察力《かんさつりょく》に驚《おどろ》いた。

「ひとりだけ、強風《きょうふう》をものともせずに立《た》ってたわ！」

真実《しんじつ》は、美希《みき》の言葉《ことば》を聞《き》き、うなずいた。

「さっき、ぼくらが見《み》ていた父《とう》さんは……幻《まぼろし》かもしれない」

「幻《まぼろし》？　それじゃ、本物《ほんもの》は別《べつ》の場所《ばしょ》にいたということなの？　真実《しんじつ》くん」

「そのとおり。キミたちのおかげで、ナゾは解《と》けたよ」

真実《しんじつ》は、健太《けんた》と美希《みき》にほほえみかけ、言葉《ことば》を続《つづ》けた。

「科学《かがく》で解《と》けないナゾはない。島民《とうみん》が消《き》えたナゾも、さっき父《とう》さんが消《き》えたナゾも、悪魔《あくま》のしわざなんかじゃない！　本物《ほんもの》はちゃんと別《べつ》のところにいるはずだ！」

いつもの冷静《れいせい》さを取《と》り戻《もど》した真実《しんじつ》は、そう強《つよ》く断言《だんげん》した。

風《かぜ》が吹《ふ》いても影響《えいきょう》を受《う》けない場所《ばしょ》……父《とう》さんや島民《とうみん》は本当《ほんとう》はそこにいたんだ。それは、どこだろう？

解決編《かいけつへん》

「あの地面《じめん》の下《した》に、その答《こた》えがある」

そう言《い》うと、真実《しんじつ》はくぼ地《ち》の底《そこ》にある円形《えんけい》の銀色《ぎんいろ》の板《いた》を指《ゆび》さした。

「地面《じめん》の下《した》に？」

「そう、あの下《した》は、きっと空洞《くうどう》になっている。父《とう》さんは本当《ほんとう》はそこにいたんだ。銀色《ぎんいろ》の板《いた》は、空洞《くうどう》のフタなんだ。丘《おか》のどこかに、その空洞《くうどう》への入《い》り口《ぐち》があるはずだ」

真実《しんじつ》、健太《けんた》、美希《みき》の３人《にん》は、丘《おか》をくまなく探《さが》した。

「こんなところに、人《ひと》が掘《ほ》ったような、大《おお》きな横穴《よこあな》があるよ！」

丘《おか》のふもとで、健太《けんた》が横穴《よこあな》を発見《はっけん》した。

「きっとここが、地面《じめん》の下《した》の空洞《くうどう》への入《い》り口《ぐち》だ」

真実《しんじつ》を先頭《せんとう》に、３人《にん》が穴《あな》の中《なか》を進《すす》むと、突《つ》き当《あ》たりには鉄《てつ》のドアがあった。

（この先《さき》に、何《なに》があるんだろう？）

緊張《きんちょう》する健太《けんた》。

真実《しんじつ》がドアノブを回《まわ》すと、あっけなくドアは開《ひら》いた。

そこにはキラキラと光《ひか》る空間《くうかん》が広《ひろ》がっていた。
（え、何《なに》これ!?）
まぶしさに目《め》をつぶる健太《けんた》。

（丘《おか》の下《した》に、こんな空間《くうかん》があったなんて……）

「すごい、全面鏡張《ぜんめんかがみば》りよ……」

美希《みき》は、ぐるっと内部《ないぶ》を見回《みまわ》した。

「しかもこの空間《くうかん》、卵《たまご》を横《よこ》にしたような、ヘンな形《かたち》になってるわね」

真実《しんじつ》は、空間《くうかん》の中央《ちゅうおう》の部分《ぶぶん》まで進《すす》み、天井《てんじょう》を見上《みあ》げた。

天井《てんじょう》には銀色《ぎんいろ》の金属製《きんぞくせい》の板《いた》が、フタのようについていた。

「ここにボタンがあるわ！」

美希《みき》が壁《かべ》にボタンを見《み》つけた。

押《お》すと、スーッと天井《てんじょう》が開《ひら》き、青空《あおぞら》が見《み》えた。

「あっ、あそこ、さっきぼくらがいた場所《ばしょ》だ！」

「この空間《くうかん》は、巨大《きょだい》な凹面鏡《おうめんきょう》が2枚合《まいあ》わさってできている。この真《ま》ん中《なか》に立《た》った人物《じんぶつ》が、鏡《かがみ》の反射《はんしゃ》の作用《さよう》で、あの天井《てんじょう》の場所《ばしょ》に立《た》っているように見《み》えるのさ。このしくみを、『ボルマトリクス』というんだ。すべては鏡《かがみ》がつくりだした幻《まぼろし》だったんだ」

「島民《とうみん》が消《き》えたときも、きっとこのしかけを使《つか》ったのね！」

「鏡《かがみ》の作用《さよう》か……それで漁師《りょうし》の横川《よこかわ》さんが島民《とうみん》を見《み》つけたとき、いくら話《はな》しかけても、横川《よこかわ》さんに気《き》づかなかったんだね」

「そのとおり。さっき父《とう》さんが現《あらわ》れたときも、まわりは風《かぜ》が吹《ふ》いているのに、服《ふく》も髪《かみ》も揺《ゆ》れていなかった。マイクやスピーカーで、あたかも、あの場《ば》でぼくらと話《はな》しているかのようにしていたんだろうね」

「それにしても、すごい情熱《じょうねつ》

ボルマトリクスを使《つか》ったしかけ

3 D《スリーディー》用《よう》の眼鏡《めがね》などを使《つか》わなくても、立体《りったい》の像《ぞう》を見《み》せることができる。

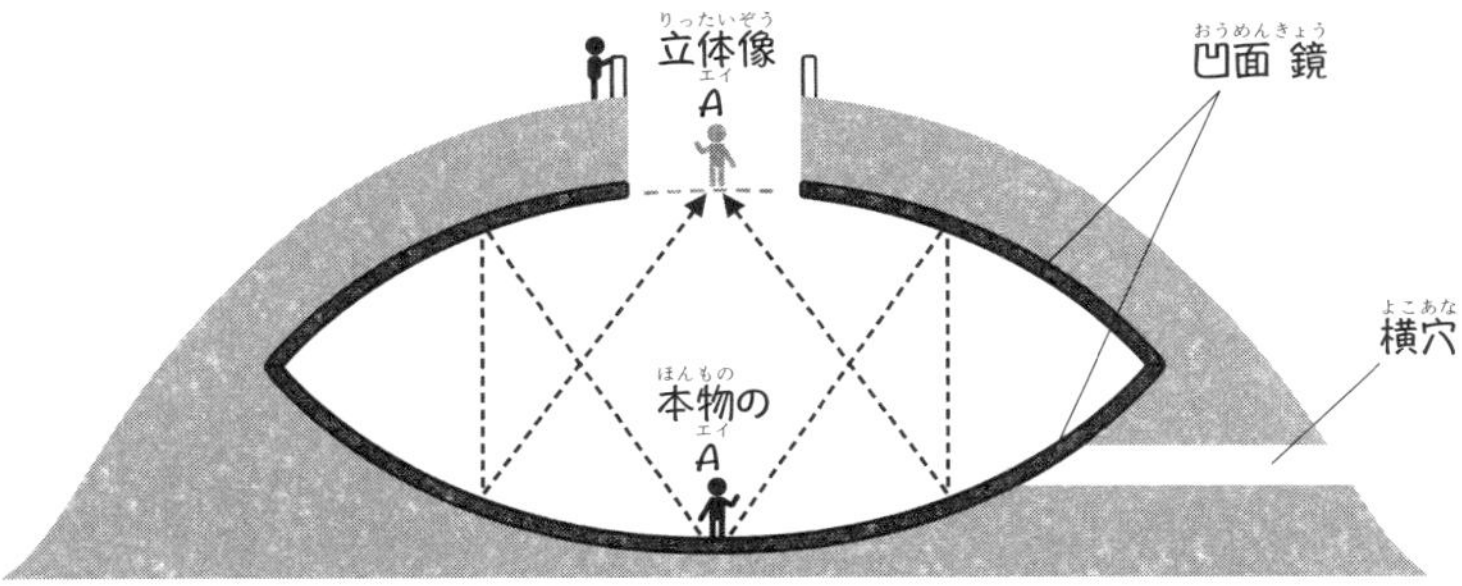

光《ひかり》を凹面鏡《おうめんきょう》の中《なか》で何度《なんど》か跳《は》ね返《かえ》らせてA《エイ》が空中《くうちゅう》の鏡《かがみ》の上《うえ》に立《た》っているように見《み》せている。

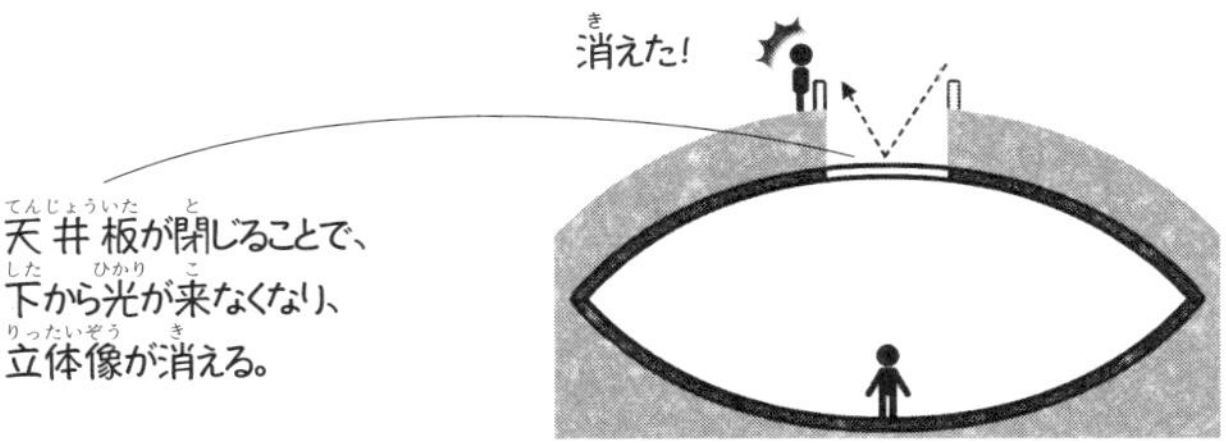

ね。島民《とうみん》が一瞬《いっしゅん》で消《き》えたように見《み》せかけるために、地下《ちか》にこんな巨大《きょだい》な装置《そうち》までつくるなんて」

そう言《い》いながら、美希《みき》は溜《た》め息《いき》をつく。

「なんで、彼《かれ》らはそこまでして……」

健太《けんた》は途方《とほう》に暮《く》れた。

そのときだった。

奥《おく》にあったドアが開《ひら》き、何者《なにもの》かが入《はい》ってくる。

白衣姿《はくいすがた》の紳士《しんし》……快明《かいめい》だ。

「真実《しんじつ》くんのお父《とう》さん……無事《ぶじ》だったのね！」

美希《みき》と健太《けんた》は、ホッとして真実《しんじつ》を見《み》た。

しかし、真実《しんじつ》だけは身《み》を固《かた》くする。

笑顔《えがお》で近《ちか》くに寄《よ》ってくる快明《かいめい》。

「わたしは幻《まぼろし》ではない、本物《ほんもの》の父《とう》さんだよ」

そう言《い》って苦笑《くしょう》する快明《かいめい》。

「みごとだったぞ、真実《しんじつ》。ごめんよ、おまえの実力《じつりょく》を試《ため》してみたかったんだ」

快明《かいめい》を見《み》すえていた真実《しんじつ》は、ゆっくりと口《くち》を開《ひら》いた。

「……父《とう》さんは、何《なん》のために、ぼくを試《ため》したりしたの？」

「ああ、うん……」

うなずいた快明《かいめい》は、続《つづ》けて、ゆっくりと話《はな》しはじめた。

「真実《しんじつ》、おまえなら、もうわかっているだろう？　島《しま》で起《お》こっていた怪異《かいい》は、すべて教団《きょうだん》の自作自演《じさくじえん》。父《とう》さんたちがやっていたんだよ」

思《おも》わぬ告白《こくはく》に、健太《けんた》と美希《みき》は、石《いし》のように固《かた》まってしまった。

（そんな……真実《しんじつ》くんのお父《とう》さんも、教団《きょうだん》に加《くわ》わっていたなんて）

健太《けんた》は驚《おどろ》いて真実《しんじつ》を見《み》た。

だが、真実《しんじつ》は、いつものポーカーフェースを保《たも》っていた。

ポーカーフェース
表情《ひょうじょう》を変《か》えないこと。トランプのポーカーをするとき、持《も》ち札《ふだ》の良《よ》しあしを見抜《みぬ》かれないよう、無表情《むひょうじょう》をよそおうことからきた言葉《ことば》。

快明《かいめい》は、なおも話《はな》し続《つづ》けた。

「世《よ》のものすべてに表《おもて》と裏《うら》があるように、ホームズ学園《がくえん》にも、光《ひかり》と影《かげ》があるんだ……。

真実《しんじつ》、これを見《み》るんだ」

そう言《い》うと、快明《かいめい》はえりにつけていたホームズ学園《がくえん》の校章《こうしょう》をゆっくりと回《まわ》して、上下《じょうげ》を逆《さか》さにした。

（急《きゅう》に、何《なに》をしてるんだろう……）

不思議《ふしぎ》に思《おも》った健太《けんた》だったが、逆《さか》さになった校章《こうしょう》をよく見《み》て、あることに気《き》がついた。

ふたりの天使《てんし》がフラスコを支《ささ》えていた校章《こうしょう》のデザイン——。

しかし、上下《じょうげ》を逆《さか》さにすると、なんと、

そこには、ツノを生《は》やし、目《め》のつりあがったケモノのような顔《かお》——。

「**悪魔《あくま》の顔《かお》だ!!**」

健太《けんた》と美希《みき》が、大声《おおごえ》をあげた。

「**そのとおり。我々《われわれ》はホームズ学園《がくえん》の影《かげ》の部分《ぶぶん》、『デビルホームズ』だ**」

「デビルホームズ!?」

健太《けんた》が思《おも》わず問《と》い返《かえ》すと、快明《かいめい》はニヤリと笑《わら》って、言葉《ことば》を続《つづ》けた。

「そう、校章《こうしょう》を逆《さか》さにした悪魔《あくま》の顔《かお》が、我々《われわれ》のエンブレムだ。我々《われわれ》は、科学《かがく》を使《つか》ってナゾや怪奇現象《かいきげんしょう》をつくりだし、世界中《せかいじゅう》に送《おく》り込《こ》んでいる。この島《しま》は、そのナゾをつくるための壮大《そうだい》な実験場《じっけんじょう》だ。10年前《ねんまえ》の火災《かさい》で消《き》えたホームズ学園《がくえん》の生徒《せいと》たちがここでナゾをつくっている。わたしが、この組織《そしき》のリーダーなんだよ」

立《た》て続《つづ》けに明《あ》かされてゆく事実《じじつ》——。

健太《けんた》と美希《みき》は、信《しん》じられないといった面持《おもも》ちで、快明《かいめい》の言葉《ことば》を聞《き》いている。

しかし、真実《しんじつ》は口元《くちもと》に手《て》を当《あ》て、じっと快明《かいめい》を見《み》すえていた。

「真実《しんじつ》、おまえの力《ちから》が必要《ひつよう》だ。おまえの力《ちから》を生《い》かせるのは、この場所《ばしょ》しかない。ナゾは、解《と》くよりも、つくるほうが難《むずか》しい。優《すぐ》れた頭脳《ずのう》が必要《ひつよう》なんだ。おまえの頭脳《ずのう》を持《も》ってすれば、誰《だれ》も見《み》たことがないナゾが必《かなら》ずつくれる」

顔色《かおいろ》ひとつ変《か》えずに、耳《みみ》を傾《かたむ》けている真実《しんじつ》。

健太《けんた》と美希《みき》は、快明《かいめい》の強《つよ》い言葉《ことば》に圧倒《あっとう》されながらも、真実《しんじつ》のことを心配《しんぱい》してじっと見《み》つめていた。

「真実《しんじつ》、おまえは、ごくふつうの生徒《せいと》たちしかいない今《いま》の学校《がっこう》で満足《まんぞく》なのか？　平凡《へいぼん》な学《がっ》校《こう》、平凡《へいぼん》な友達《ともだち》、平凡《へいぼん》なナゾを解《と》いて、それで、本当《ほんとう》に満足《まんぞく》しているのか？」

真実《しんじつ》は、快明《かいめい》を見《み》すえたまま微動《びどう》だにしない。

（もしかして、真実《しんじつ》くんは、あちら側《がわ》に行《い》ってしまうんじゃ……）

健太《けんた》の頭《あたま》に不安《ふあん》がよぎった。

そして快明《かいめい》は、自分《じぶん》の腕時計《うでどけい》を見《み》て、真実《しんじつ》に言《い》った。

「時間《じかん》がない。さあ行《い》こう」

ようやく真実《しんじつ》は、重《おも》い口《くち》を開《ひら》いた。

「父《とう》さん……ぼくがプレゼントした腕時計《うでどけい》は、まだ持《も》ってる？」

快明《かいめい》は、少《すこ》し間《ま》を置《お》いてから、やさしい口調《くちょう》でこう言《い》った。

「もちろんだよ。今日《きょう》はつけていないけど、だいじにとってある」

その言葉《ことば》を聞《き》いた真実《しんじつ》は、急《きゅう》にニヤリと笑《わら》う。

「勝負《しょうぶ》はついたね」

快明《かいめい》は、真実《しんじつ》の不敵《ふてき》なほほえみと、強《つよ》い言葉《ことば》にわずかにたじろいだ。

「散歩《さんぽ》しながら考《かんが》えごとをするのが好《す》きな父《とう》さんは、束縛《そくばく》されるのを何《なに》よりも嫌《きら》った。腕時《うでど》計《けい》だって、腕《うで》がしめつけられるし、時間《じかん》にも縛《しば》られると……大嫌《だいきら》いだった。だから、そんなプレゼント、ぼくはしてないよ」

快明《かいめい》の顔《かお》が、わかりやすく引《ひ》きつった。

「自由《じゆう》を愛《あい》する父《とう》さんが、そんな組織《そしき》のリーダーになどなるものか。おまえは、父《とう》さんなんかじゃない！　にせものだ！」


真実《しんじつ》は、力強《ちからづよ》く快明《かいめい》を指《ゆび》さした。

快明《かいめい》の顔《かお》がみるみるうちに、ゆがんでいく。

健太《けんた》も美希《みき》も、ドス黒《ぐろ》い異様《いよう》なその表情《ひょうじょう》にゾッとする。


「ハハハハハッ」


いきなり高笑《たかわら》いを響《ひび》かせる快明《かいめい》。

「なんて、にくらしいやつ……ばれたなら、しかたないな」

そう言《い》うと、顔《かお》に手《て》をやり、変装用《へんそうよう》のマスクをベリベリと破《やぶ》りだした。

そして、マスクの下《した》から現《あらわ》れたのは……。

4

SCIENCE TRICK DATA FILE

科学《かがく》トリック データファイル

鏡《かがみ》でイリュージョン！

鏡《かがみ》を使《つか》って、ちょっと不思議《ふしぎ》な体験《たいけん》をしてみましょう。

鏡《かがみ》を使《つか》って宙《ちゅう》に浮《う》く!?
大《おお》きな鏡《かがみ》が1枚《まい》あれば、体《からだ》が宙《ちゅう》に浮《う》かんだ写真《しゃしん》が撮《と》れる！

幻《まぼろし》のサッカーボール？

鏡《かがみ》でつくった三角《さんかく》すいの中《なか》に、幻《まぼろし》のサッカーボールを浮《う》かび上《あ》がらせよう。

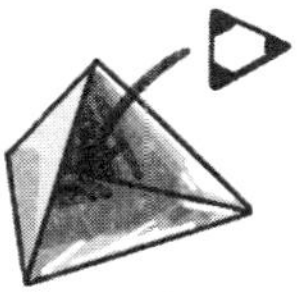

三《みっ》つの頂点《ちょうてん》の部分《ぶぶん》に色《いろ》をつけた正三角形《せいさんかくけい》の板《いた》を、三角《さんかく》すいの鏡《かがみ》の中《なか》に入《い》れる。

正三角形《せいさんかくけい》の板《いた》が鏡《かがみ》に映《うつ》り、幻《まぼろし》のサッカーボールが浮《う》かび上《あ》がる。

※三角《さんかく》すいの鏡《かがみ》は、ミラーシートなどを使《つか》い、底辺《ていへん》と高《たか》さが5対《たい》4の比率《ひりつ》になる二等辺三角形《にとうへんさんかくけい》を3枚《まい》貼《は》り合《あ》わせてつくろう。

お金《かね》が消《き》える貯金箱《ちょきんばこ》！

鏡《かがみ》を使《つか》えば、お金《かね》を入《い》れても消《き》えてしまう不《ふ》思議《しぎ》な貯金箱《ちょきんばこ》がつくれるよ！

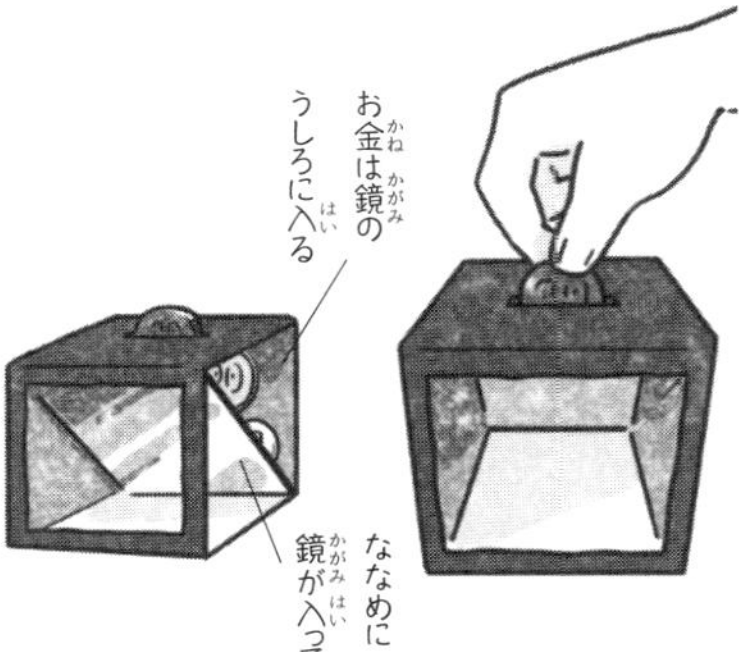
ななめに鏡《かがみ》が入《はい》っている

悪《あく》魔《ま》の正《しょう》体《たい》

消滅《しょうめつ》した島《しま》5

事件編《じけんへん》

「まさか、どうして……？」

健太《けんた》と美希《みき》は、快明《かいめい》の顔《かお》のマスクを持《も》つ人物《じんぶつ》を見《み》て、ぼう然《ぜん》とした。

しかし、真実《しんじつ》だけは、何《なに》かを思《おも》い、やがて小《ちい》さくうなずいた。

「そうか、そういうことだったのか……」

真実《しんじつ》は、目《め》の前《まえ》に立《た》つ人物《じんぶつ》をにらむ。

「あなたなら、ホームズ学園《がくえん》でわざと火災《かさい》を起《お》こし、その騒《さわ》ぎに乗《じょう》じて生徒《せいと》たちを連《つ》れ去《さ》ることができた。なぜなら、あなたはホームズ学園《がくえん》の責任者《せきにんしゃ》だからだ」

真実《しんじつ》たちの前《まえ》に立《た》っていたのは、ホームズ学園《がくえん》の学園長《がくえんちょう》・飯島善《いいじまぜん》だった。

「真実《しんじつ》くん！　何《なに》がどうなってるの!?」

「どうして学園長《がくえんちょう》がここにいるの!?」

学園長《がくえんちょう》はニヤリと笑《え》みを浮《う》かべると、真実《しんじつ》を見《み》た。

「謎野真実《なぞのしんじつ》くん。キミはやはりほかの生徒《せいと》とは違《ちが》うようだね」

「あなたが、デビルホームズのリーダーだったんですね」

真実《しんじつ》の言葉《ことば》に、学園長《がくえんちょう》はぶきみな笑《え》みで応《こた》えた。

「世《よ》のものすべてに表《おもて》と裏《うら》があると言《い》っただろう。わたしは探偵《たんてい》を育《そだ》てるホームズ学園《がくえん》の学園長《がくえんちょう》であると同時《どうじ》に、ナゾを生《う》み出《だ》すデビルホームズのリーダーなのだよ」

「なぜそんなことを!?」

「一流《いちりゅう》の探偵《たんてい》というのは、誰《だれ》にも解《と》けないナゾを解《と》くから評判《ひょうばん》になる。しかし、そのようなナゾはそう簡単《かんたん》には存《そん》在《ざい》しない。だから、わたしは考《かん》えたのだよ。ナゾがないのであればつくればいいと。『大統領《だいとうりょう》ドッペルゲンガー事《じ》

件《けん》』『トンネル人体発火事件《じんたいはっかじけん》』『霊界《れいかい》からの予言《よげん》メッセージ事件《じけん》』、真実《しんじつ》くん、キミなら知《し》っているだろう？」

「どれも、世界的《せかいてき》に有名《ゆうめい》な事件《じけん》ですね」

「そう。ホームズ学園《がくえん》を卒業《そつぎょう》した名探偵《めいたんてい》たちが解《と》き明《あ》かしたすばらしい事件《じけん》だ。そしてそれらはすべて我々《われわれ》デビルホームズが生《う》み出《だ》したナゾだよ。わたしは10年前《ねんまえ》、火災《かさい》にまぎれてホームズ学園《がくえん》の優秀《ゆうしゅう》な生徒《せいと》たちをさらい、彼《かれ》らに科学《かがく》を使《つか》った数々《かずかず》のナゾをつくらせてきたのだ」

「マッチポンプ、か……」

「真実《しんじつ》くん、それって何《なに》？」

「自《みずか》らマッチに火《ひ》をつけて、自《みずか》らその火《ひ》を消《け》す行為《こうい》。つまり自作自演《じさくじえん》ということだよ」

「何《なに》よそれ！　そんなのありえないわ。そのナゾのせいで困《こま》る人《ひと》も大勢《おおぜい》いるのよ！」

ドッペルゲンガー
怪奇現象《かいきげんしょう》の一種《いっしゅ》で、自分《じぶん》と同《おな》じ姿《すがた》の、もうひとりの自分《じぶん》を見《み》ること。都市伝説《としでんせつ》では、ドッペルゲンガーを体験《たいけん》した者《もの》は死《し》ぬともいわれる。

「はっはっは。困《こま》る人《ひと》が大勢《おおぜい》いたほうが、探偵《たんてい》がそれを解《と》いたときに深《ふか》く感謝《かんしゃ》されるだろう。もっとも探偵《たんてい》になった卒業生《そつぎょうせい》たちは、わたしが陰《かげ》で力《ちから》になってあげていることなど知《し》らないがね。ナゾが増《ふ》えれば彼《かれ》らの活躍《かつやく》できる場《ば》も増《ふ》える。そうすれば、ホームズ学園《がくえん》の名《めい》声《せい》も高《たか》まるだろう」

「ふざけるな！」

真実《しんじつ》が怒鳴《どな》った。

「あなたのやっていることは間違《まちが》っている！　科学《かがく》を悪用《あくよう》するなんて、ぼくはそんなの絶対《ぜったい》に認《みと》めない！」

「真実《しんじつ》くん……」

「くっくっく。これは、科学《かがく》をアピールするためのショーでもあるのだよ」

「ショー!?」

「わたしはつねづね許《ゆる》せないと思《おも》っていたのだ。世《よ》の中《なか》の人間《にんげん》たちは、なぜ科学《かがく》のすばらしさに目《め》を向《む》けようとしないのだ？　ふだんなにげなく使《つか》っているスマートフォンもパソコンも、家電製品《かでんせいひん》も自動車《じどうしゃ》も、すべて科学《かがく》を利用《りよう》したものだ。それがなくなれば、中世《ちゅうせい》の暗黒時代《あんこくじだい》に戻《もど》ってしまう。それなのに、世《よ》の中《なか》の人間《にんげん》たちは科学《かがく》に感謝《かんしゃ》をしない。だからわたしは教《おし》えてやるのだよ、科学《かがく》のすばらしさを。驚《おどろ》くようなナゾをばらまくことによって、すべての人間《にんげん》がもう一度《いちど》、科学《かがく》のありがたみを知《し》ることになるのだ！　はーはっはっは！」

学園長《がくえんちょう》の笑《わら》い声《ごえ》が鏡張《かがみば》りの部屋《へや》の中《なか》にこだました。

「ところで、謎野真実《なぞのしんじつ》くん。キミはさっき、科学《かがく》を悪用《あくよう》するなんて、と言《い》ったね」

「あなたのやっていることが間違《まちが》っていると思《おも》ったからだ」

「はっはっは。やはり親子《おやこ》だねえ。快明《かいめい》くんも同《おな》じことを言《い》っていたよ」

「父《とう》さんが!?」

「わたしは島《しま》の住人《じゅうにん》を消《け》すことで、この島《しま》を呪《のろ》われた島《しま》だと恐《おそ》れさせ、人《ひと》が近《ちか》づかないようにした。しかし、そのうわさを広《ひろ》めるためにわざと逃《に》がした男《おとこ》……確《たし》か横川《よこかわ》といったかな……その男《おとこ》から、快明《かいめい》くんは話《はなし》を聞《き》き、恐《おそ》れずにこの島《しま》にやってきた。まあ、『人食《ひとく》い浜《はま》』で捕《と》らえてやったがね。彼《かれ》は捕《つか》まってもなお、わたしに実験《じっけん》をやめるよう言《い》ってきたよ」

「父《とう》さんはどこにいるんだ！」

「ナゾをつくっていた生徒《せいと》たちを逃《に》がそうとしたので、この島《しま》のある場所《ばしょ》に捕《と》らえている。生徒《せいと》たちも消《き》えた島民《とうみん》たちも一緒《いっしょ》にね」

「それはどこよ！　教《おし》えなさい！」

「そうだよ！　これ以上島《いじょうしま》で悪《わる》さなんかさせないぞ！」

「キミたち、落《お》ち着《つ》きたまえ。この島《しま》での実験《じっけん》はもう終了《しゅうりょう》している。快明《かいめい》くんのせいで、生《せい》徒《と》たちがみな反発《はんぱつ》してわたしの言《い》うことを聞《き》かなくなってしまったからね。まったく、快明《かいめい》くんには困《こま》ったものだ」

学園長《がくえんちょう》は笑《え》みを浮《う》かべながらも、するどく真実《しんじつ》をにらんだ。

「わざわざ快明《かいめい》くんのフリまでしてキミを仲間《なかま》に引《ひ》き入《い》れようと思《おも》ったが、それももう無理《むり》なようだね。ならば、この島《しま》にはもう用《よう》はない！」

バババババ！

瞬間《しゅんかん》、ごう音《おん》が鳴《な》り響《ひび》き、天井《てんじょう》の上《うえ》に広《ひろ》がる空《そら》にヘリコプターが現《あらわ》れた。

操縦《そうじゅう》しているのは、ホームズ学園《がくえん》の火災《かさい》で生徒《せいと》と一緒《いっしょ》に行方不明《ゆくえふめい》になった、高名《こうめい》な科学者《かがくしゃ》である。

「彼《かれ》はわたしの協力者《きょうりょくしゃ》だったのだよ！」

縄《なわ》ばしごが下《お》ろされる。

学園長《がくえんちょう》は笑《え》みを浮《う》かべたまま、その縄《なわ》ばしごをつかんだ。

「謎野真実《なぞのしんじつ》くん、いいことを教《おし》えてあげよう。わたしは快明《かいめい》くんや生徒《せいと》たち、そして島民《とうみん》たちを捕《と》らえている場所《ばしょ》に爆薬《ばくやく》をしかけた。タイムリミットは3時間《じかん》。3時間以内《じかんいない》にその場所《ばしょ》から救《すく》いだせなければ、彼《かれ》らは永遠《えいえん》にこの世《よ》から消《き》えてしまうだろう」

「なんだって⁉」

次《つぎ》の瞬間《しゅんかん》、ヘリコプターが動《うご》き、縄《なわ》ばしごを持《も》った学園長《がくえんちょう》が宙《ちゅう》に浮《う》いた。

「わたしは優秀《ゆうしゅう》なキミのことが好《す》きだ。だから、ヒントをあげよう。

『悪魔《あくま》に宿《やど》りし太陽《たいよう》』

その場所《ばしょ》に彼《かれ》らはいる。さあて、キミは彼《かれ》らを助《たす》けられるかな？」

「ゲームのつもりか！」

「言《い》っただろう。これはショーだよ。デビルホームズはこれからもナゾを世界《せかい》にばらまいていく。キミや快明《かいめい》くんがどう思《おも》おうがね！　運《うん》がよければ、また会《あ》おう！　はーはっはっは！」

学園長《がくえんちょう》はヘリコプターとともに去《さ》っていった。

「逃《に》げるなんてひきょうよ！」

「真実《しんじつ》くん、早《はや》くその場所《ばしょ》を見《み》つけよう！」

「そうよ！　みんなを救《すく》いましょ！」

「健太《けんた》くん、美希《みき》さん」

「3人《にん》でがんばれば、きっと真実《しんじつ》くんのお父《とう》さんを助《たす》けられるよ！」

今《いま》まで、真実《しんじつ》は数々《かずかず》のナゾに挑《いど》んできた。危機《きき》におちいることもあった。だが、勇気《ゆうき》と行動力《こうどうりょく》、科学《かがく》の知識《ちしき》、そして何《なに》より仲間《なかま》に支《ささ》えられて、すべてを乗《の》り越《こ》えてきたのだ。

真実《しんじつ》は健太《けんた》と美希《みき》を見《み》つめながら、大《おお》きくうなずいた。

「やろう。この世《よ》に科学《かがく》で解《と》けないナゾはない！　『悪魔《あくま》に宿《やど》りし太陽《たいよう》』の場所《ばしょ》を見《み》つけ出《だ》すんだ！」

真実《しんじつ》たちは、外《そと》へ出《で》た。

「学園長《がくえんちょう》は、『悪魔《あくま》に宿《やど》りし太陽《たいよう》』に、真実《しんじつ》くんのお父《とう》さんたちがいるって言《い》ってたよね？」

健太《けんた》にまわりを見《み》る。

しかし、「悪魔《あくま》に宿《やど》りし太陽《たいよう》」がどこを指《さ》しているのか、さっぱりわからない。

「悪魔《あくま》っていうのは、この阿久磨島《あくまじま》のことを言《い》ってるのかしら？　太陽《たいよう》が宿《やど》るっていうのは、太陽《たいよう》の光《ひかり》が差《さ》す場所《ばしょ》ってこと……？」

美希《みき》は空《そら》を見上《みあ》げた。

曇《くも》っていて、太陽《たいよう》は見《み》えない。

「も～、これじゃあ太陽《たいよう》の光《ひかり》が差《さ》さないいじゃやない」

「真実《しんじつ》くん、どうしよう？」

「太陽《たいよう》の光《ひかり》か……」

真実《しんじつ》は口元《くちもと》に手《て》を当《あ》てた。

「確《たし》かに今《いま》は曇《くも》っていて太陽《たいよう》の光《ひかり》が差《さ》す場所《ばしょ》はわからない。だけど、もしかすると、『悪魔《あくま》に宿《やど》りし太陽《たいよう》』は、本物《ほんもの》の太陽《たいよう》のことじゃないのかもしれない」

「どういうこと？」

「学園長《がくえんちょう》は、状況《じょうきょう》によって解《と》けないようなナゾは出《だ》さないと思《おも》うんだ。少《すく》なくともナゾに関《かん》してはフェアな態度《たいど》だと信《しん》じていいと思《おも》う。太陽《たいよう》が出《で》ていようといまいと、どんな状況《じょうきょう》でも3時間《じかん》で解《と》けるナゾのはず。つまり、ぼくたちが考《かんが》えなくちゃいけないのは、太陽《たいよう》が何《なに》を表《あらわ》しているか、そして、その太陽《たいよう》が宿《やど》る悪魔《あくま》は何《なん》なのかということだ」

「悪魔《あくま》……。そういえば、『デビルホームズ』のデビルは、悪魔《あくま》って意味《いみ》よね」

「デビルホームズのエンブレムも、悪魔《あくま》の顔《かお》だったもんね」

「エンブレム……？」

真実《しんじつ》は父《ちち》の手帳《てちょう》を取《と》り出《だ》し、逆《さか》さになったホームズ学園《がくえん》の校章《こうしょう》——すなわち、デビルホームズのエンブレムを見《み》つめた。

「あっ！」

真実《しんじつ》が声《こえ》をあげた。

「どうしたの、真実《しんじつ》くん？」

「見《み》つけたんだ。『悪魔《あくま》に宿《やど》りし太陽《たいよう》』を！」

真実《しんじつ》は、悪魔《あくま》のエンブレムをふたりに見《み》せた。

「天文学《てんもんがく》では、地球《ちきゅう》や太陽《たいよう》を記号《きごう》で表《あらわ》すことがあるんだ。地球《ちきゅう》は『⊕』、太陽《たいよう》は『⊙』の記号《きごう》で表《あらわ》される。この部分《ぶぶん》をよおく見《み》て」

真実《しんじつ》は悪魔《あくま》の顔《かお》の上《うえ》のあたりを指《ゆび》さした。

そこには、小《ちい》さな『⊙』の形《かたち》がある。

「ああっ！　太陽《たいよう》の記号《きごう》だ！」

「ええ。確《たし》かに『悪魔《あくま》に宿《やど》りし太陽《たいよう》』ね！」

「この太陽《たいよう》の記号《きごう》は悪魔《あくま》のふたつのツノのあいだにある。つまり、この島《しま》の悪魔《あくま》のツノのあいだに、父《とう》さんたちが捕《と》らわれているんだ！」

健太《けんた》と美希《みき》は森《もり》の向《む》こうに見《み》えるふたつの山《やま》を見《み》た。

真実《しんじつ》も同《おな》じようにその場所《ばしょ》を見《み》た。

「父《とう》さんたちは、あの山《やま》のあいだにいる！」

真実《しんじつ》たちは、森《もり》を抜《ぬ》け、山《やま》と山《やま》のあいだにある場所《ばしょ》へやってきた。

丸《まる》い形《かたち》の池《いけ》が見《み》える。

池《いけ》の向《む》こう側《がわ》は、２メートルほど先《さき》でなだらかな崖《がけ》になっていた。

「父《とう》さんたちを1カ所《しょ》に集《あつ》めているのなら、大《おお》きなスペースが必要《ひつよう》だ。きっとどこかに建物《たてもの》があるはずだ」

「その建物《たてもの》を探《さが》せばいいんだね！　建物《たてもの》～、建物《たてもの》～、ああ！」

健太《けんた》は前方《ぜんぽう》を指《ゆび》さした。

池《いけ》のもう一方《いっぽう》に、小《ちい》さな掘《ほ》っ立《た》て小屋《ごや》が立《た》っていた。

「いくらなんでも、あれは小《ちい》さすぎない？」

「とにかく見《み》てみようよ！」

真実《しんじつ》たちは、掘《ほ》っ立《た》て小屋《ごや》の中《なか》を見《み》ることにした。

「何《なん》なの、この小屋《こや》？」

小屋《こや》は10畳《じょう》ほどのスペースがあった。

そこには、さまざまな形《かたち》のパイプや、長《なが》くて太《ふと》いホースなどが置《お》かれていて、すみには、重《かさ》ねられたバケツもあった。

「倉庫《そうこ》なのかしら？　だけど何《なん》の道具《どうぐ》なの？」

「そんなことより、早《はや》くみんなを捜《さが》そうよ！　小屋《こや》に地下室《ちかしつ》とかあるかもしれないよ」

健太《けんた》と美希《みき》は小屋中《こやじゅう》を探《さが》すが、どこにも地下室《ちかしつ》の入《い》り口《ぐち》らしきものはない。

「ここじゃないとしたら、あとは、探《さが》す場所《ばしょ》はあそこぐらいしかないよ？」

健太《けんた》は窓《まど》の外《そと》に広《ひろ》がる池《いけ》を見《み》た。

「池《いけ》のどこを探《さが》すっていうのよ」

「う〜ん、池《いけ》の中《なか》とかかなあ」

「池《いけ》の中《なか》!?」

突然《とつぜん》、真実《しんじつ》が小屋《こや》を飛《と》び出《だ》した。

「真実《しんじつ》くん、どうしたの？」

「地下室《ちかしつ》はなにも小屋《こや》の中《なか》にあるとは限《かぎ》らないんだ！」

真実《しんじつ》は池《いけ》のそばまで行《い》くと、水面《すいめん》をのぞき込《こ》んだ。

「ああっ！」

池《いけ》の底《そこ》は、全体《ぜんたい》が人工的《じんこうてき》な金属《きんぞく》の板《いた》になっていた。

池《いけ》の真《ま》ん中《なか》には、色《いろ》が違《ちが》う丸《まる》い床《ゆか》があり、そこには、取《と》っ手《て》のついた金属《きんぞく》のハッチが見《み》える。

「何《なに》あれ!?」

「どうして池《いけ》の中《なか》に!?」

健太《けんた》がハッとして叫《さけ》ぶ。

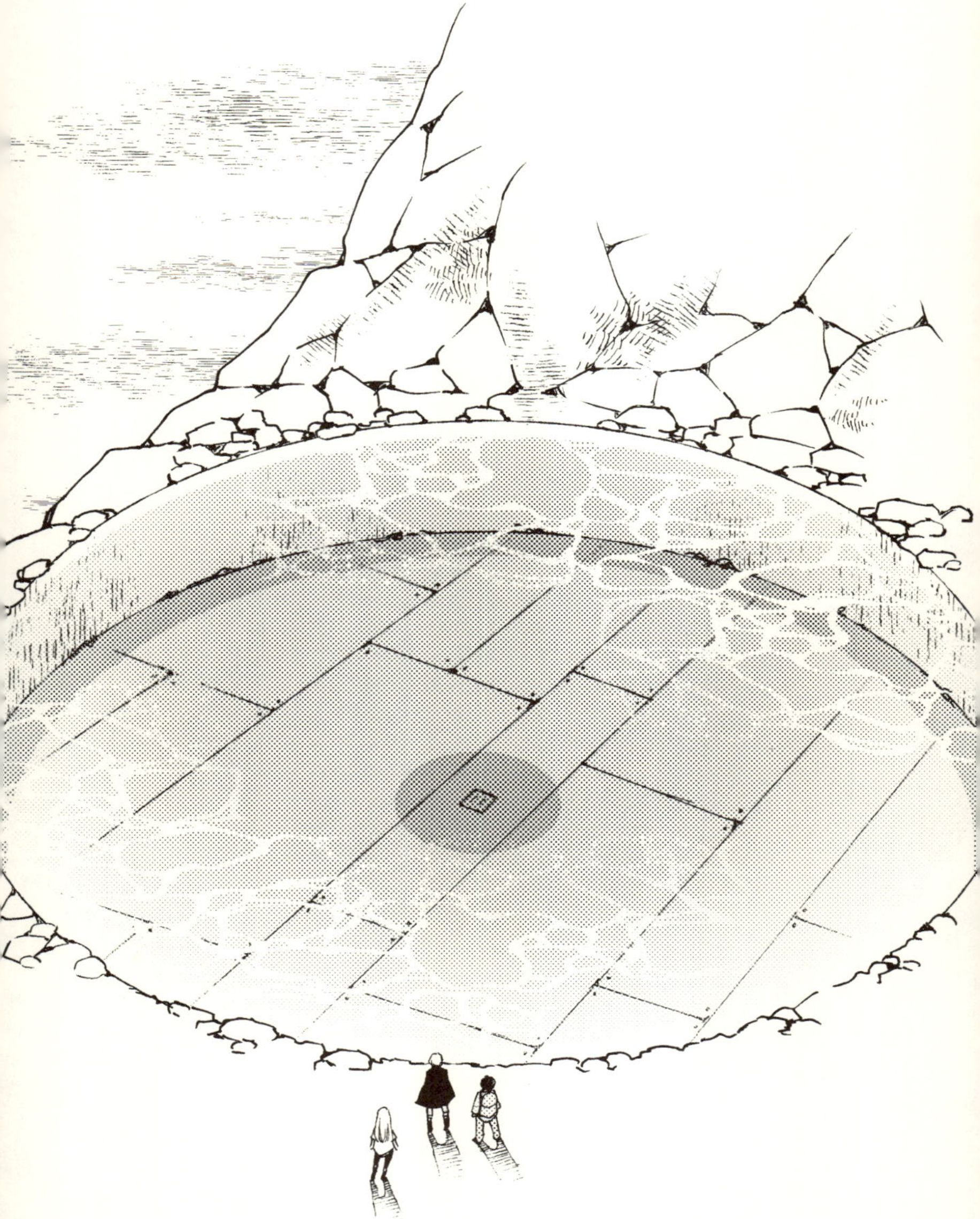

「……丸《まる》い池《いけ》の中《なか》に小《ちい》さな丸《まる》……。これって、太《たい》陽《よう》の記号《きごう》（⦿）とおんなじだ！」

「ああ、間違《まちが》いない。あそこが、父《とう》さんたちがいる地下室《ちかしつ》への入《い》り口《ぐち》だ！」

「あのハッチを開《あ》ければいいんだね！　まかせて！」

「あっ、健太《けんた》くん、待《ま》つんだ！」

健太《けんた》は真実《しんじつ》が止《と》めるのも聞《き》かず、我《われ》を忘《わす》れて池《いけ》に飛《と》び込《こ》んだ。

そのままもぐっていき、建物《たてもの》のハッチのそばまでやってくる。

健太《けんた》は取《と》っ手《て》を握《にぎ》ると、ハッチを開《あ》けようとした。

だが、力《ちから》いっぱい引《ひ》っ張《ぱ》っても、取《と》っ手《て》はピクリとも動《うご》かない。

何度《なんど》やってもうまくいかず、健太《けんた》は息《いき》が苦《くる》しくなって、水面《すいめん》に戻《もど》ってきた。

「ぷは～、だめだ～！」

「水《みず》の中《なか》では水圧《すいあつ》がかかる。今《いま》の状態《じょうたい》は、ハッチの上《うえ》に千《せん》キログラムの重《おも》しがのっているようなものだ。人間《にんげん》の力《ちから》では、どうやっても開《あ》けることはできないよ」

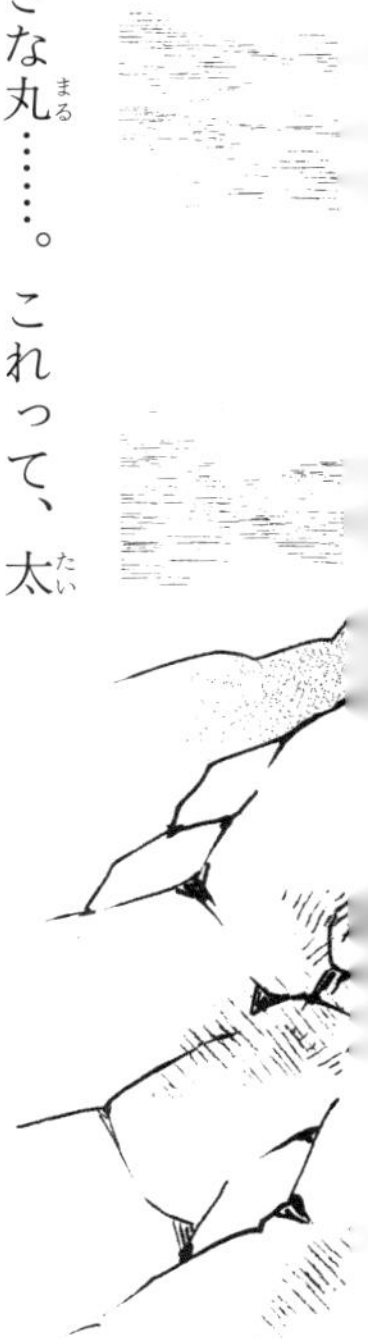

「そんな〜」

「それに、もしハッチが開《ひら》いたとしても、地下室《ちかしつ》の中《なか》に池《いけ》の水《みず》が流《なが》れ込《こ》んで、中《なか》にいる人《ひと》が溺《おぼ》れてしまう」

「ああん、もう時間《じかん》がないのに！」

美希《みき》は腕時計《うでどけい》を見《み》た。

すでに1時間《じかん》が経《た》ってしまった。このまま何《なに》もできなければ、爆薬《ばくやく》が爆《ばく》発《はつ》してしまう。

「やっぱりこんなの不可能《ふかのう》よ！　学園長《がくえんちょう》にだまされたのよ！」

「美希《みき》ちゃん、あきらめちゃだめだって！　池《いけ》から水《みず》を出《だ》せば、ハッチを開《あ》けることができるよ！」

「そんなのどうやってやるの!?」

「それはええっと、そうだ！　小屋《こや》の中《なか》にあったバケツを使《つか》って、水《みず》をくみ出《だ》すんだよ！」

「時間《じかん》がかかるでしょ！　絶対《ぜったい》、間《ま》に合《あ》わないわ！」

水《みず》の重《おも》さ
水《みず》の重《おも》さは1リットル（1000㎤）あたり1キログラム。たとえば、2メートルの深《ふか》さにある縦横《たてよこ》70センチメートルのハッチなら、単純《たんじゅん》計算《けいさん》で、ハッチの上《うえ》に約《やく》980キログラムの重《おも》さの水《みず》がのっていることになる。

「じゃあ、あそこにあったホースを使《つか》って水《みず》を吸《す》い出《だ》せば！」

「ストローじゃないのよ。吸《す》い出《だ》すなんて無理《むり》だわ！」

「吸《す》い出《だ》す……？」

真実《しんじつ》は掘《ほ》っ立《た》て小屋《ごや》のほうを見《み》た。

「そうか、そういうことか。ふたりとも手伝《てつだ》って！」

真実《しんじつ》は小屋《こや》のほうへ駆《か》け出《だ》した。

「真実《しんじつ》くん、何《なに》をするの？」

「真実《しんじつ》くんのお父《とう》さんたちは池《いけ》の中《なか》よ!?」

「小屋《こや》の中《なか》にあったものを使《つか》えば、父《とう》さんたちを助《たす》けられる！」

真実《しんじつ》は、健太《けんた》たちとともに小屋《こや》に入《はい》ると、中《なか》にあったホースやパイプを使《つか》って道具《どうぐ》をつくりはじめた。

「ぼくと同《おな》じようにパイプにホースを付《つ》けていって」

真実《しんじつ》はそう言《い》うと、長《なが》さの違《ちが》うホースとT字《ティーじ》になったパイプを組《く》み合《あ》わせて、先《さき》がふたまたに分《わ》かれた形《かたち》の装置《そうち》をつくった。それぞれのホースの先《さき》には、栓《せん》がついている。

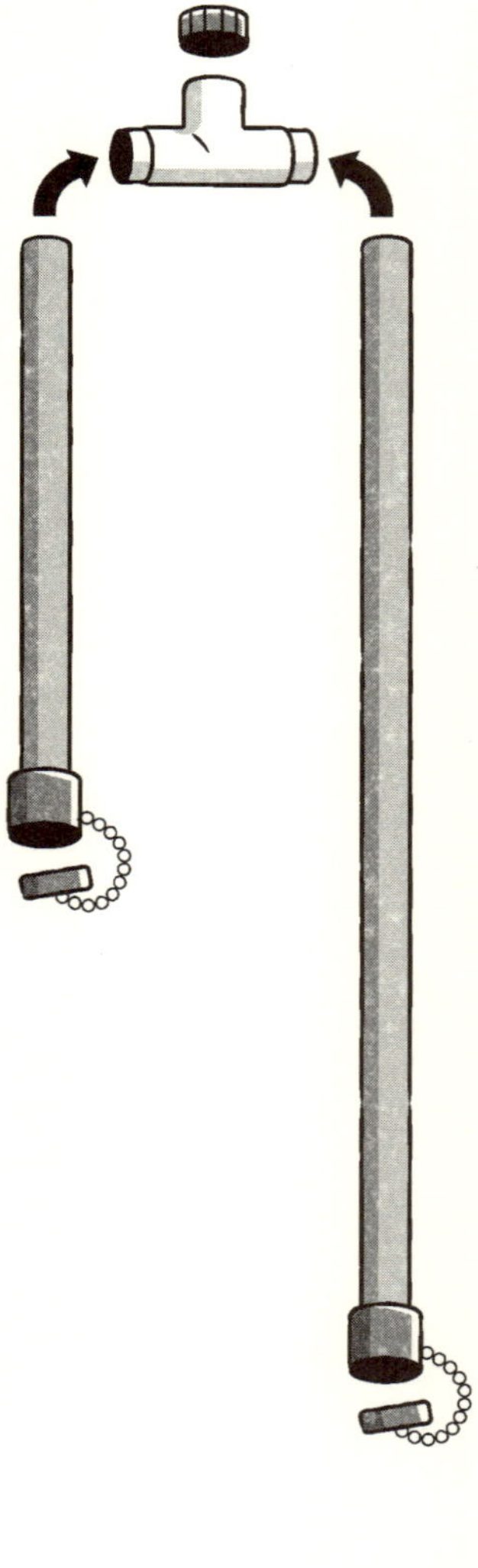

「これと同《おな》じような装置《そうち》をつくって！」

「わ、わかった！」

健太《けんた》たちはそれが何《なん》なのかわからないまま、同《おな》じように次々《つぎつぎ》とつくっていく。

「わたし、こういうの苦手《にがて》なのよねえ」

「ぼくは工作《こうさく》、得意《とくい》だよ！　ほらっ、できた！」

「ホースの先《さき》は最初《さいしょ》は栓《せん》を閉《し》めておくんだ。できるだけ多《おお》くつくって。そのほうが早《はや》く父《とう》さんたちを救《すく》うことができる！」

「でも、これでいったいどうやって⁉」

健太《けんた》たちは、とまどいながらもつくり続《つづ》ける。

やがて、同《おな》じ形《かたち》をしたものが、十数個完成《じゅうすうこかんせい》した。

「できあがったものを、池《いけ》に入《い》れるんだ！」

真実《しんじつ》は短《みじか》いほうのホースの先端《せんたん》を池《いけ》の中《なか》に入《い》れると、もう一端《いったん》の長《なが》いほうのホースを持《も》って、崖《がけ》のほうへ向《む》かった。

真実《しんじつ》は長《なが》いほうのホースの先端《せんたん》をその崖《がけ》に垂《た》らした。

「さあ、ほかのも早《はや》く！」

「う、うん！」

健太《けんた》たちは、真実《しんじつ》と同《おな》じように装置《そうち》を設置《せっち》していった。

「真実《しんじつ》くん、これでどうやって救《すく》えるの？」

「まさか、このホースを池《いけ》に入《い》れるだけで、水《みず》を吸《す》い出《だ》せると思《おも》っているんじゃないでしょうね？」

「そうは思《おも》っていない。だけど、これで吸《す》い出《だ》せるんだよ。ある方法《ほうほう》なら！」

真実《しんじつ》は、池《いけ》に設置《せっち》された装置《そうち》を見《み》る。装置《そうち》には、上《うえ》から何《なに》かを入《い》れられるようになっている。

「この世《よ》に科学《かがく》で解《と》けないナゾはない。この装置《そうち》にあるものを入《い》れることによって、池《いけ》の水《みず》を吸《す》い出《だ》すことができるんだ！」

真実《しんじつ》の言《い》う、あるものとは、いったい何《なん》だろう？

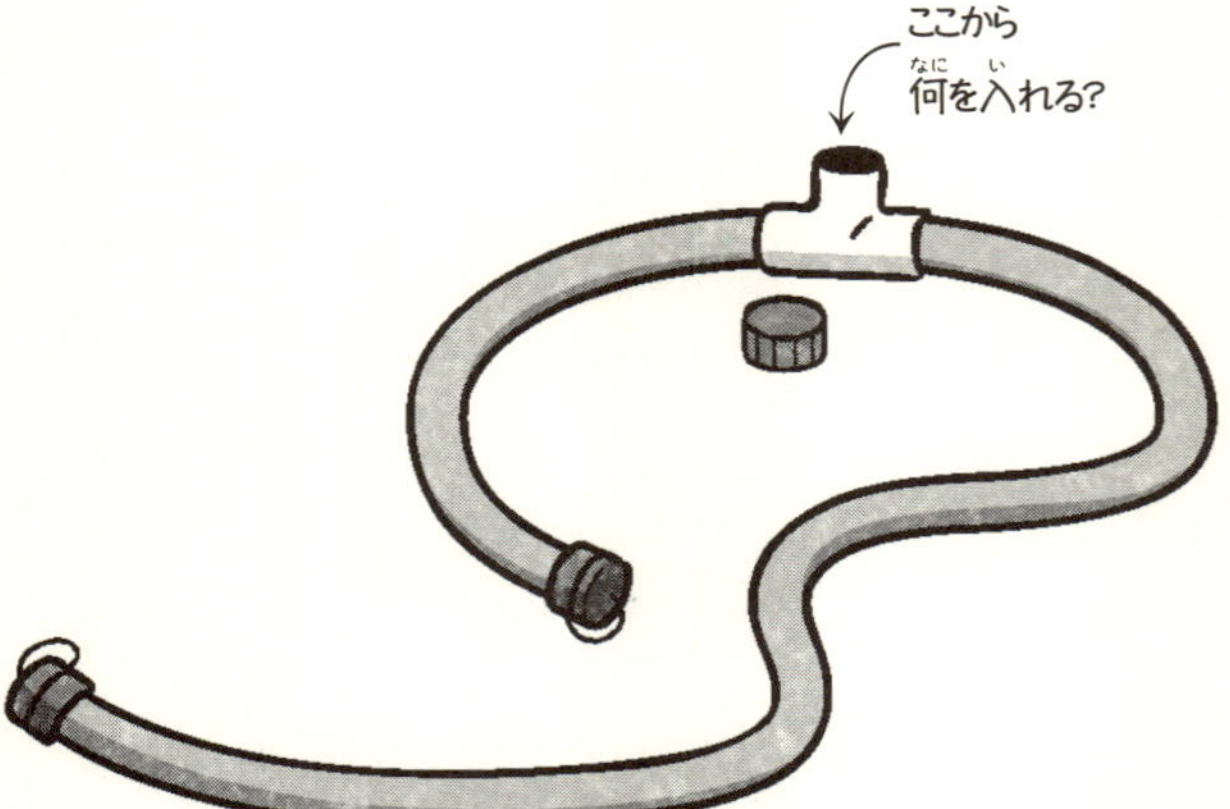

装置《そうち》に入《い》れるのは
この場所《ばしょ》に
たくさんあるものだ

解《かい》決《けつ》編《へん》

健太《けんた》と美希《みき》は、装置《そうち》の上《うえ》の部分《ぶぶん》を見《み》た。

「ここに何《なに》を入《い》れるっていうの？」

「水《みず》を吸《す》い出《だ》すためにってことは、もしかして、掃除機《そうじき》の先端《せんたん》をここに入《い》れて、水《みず》を吸《す》い出《だ》すってことかな？」

「そうじゃないよ」

真実《しんじつ》がふたりに声《こえ》をかけた。

その手《て》にはバケツを持《も》っている。

どうやら、ふたりが考《かんが》えているあいだに、小屋《こや》にあったバケツで池《いけ》の水《みず》をくんできたようだ。

「水《みず》なんかくんできてどうするのよ？」

「やっぱりバケツで池《いけ》の水《みず》をくみ出《だ》すことにしたの？」

「違《ちが》うよ。この装置《そうち》に入《い》れるもの。それは、『水《みず》』なんだ」

真実《しんじつ》は、くんできた水《みず》を装置《そうち》の中《なか》に入《い》れた。

「ホースの中《なか》を水《みず》でいっぱいにするんだ。もっと水《みず》をくんできて」

「え、あ、うん！」

真実《しんじつ》たちはバケツリレーをして、ホースの中《なか》を水《みず》でいっぱいにしていった。

「真実《しんじつ》くん、水《みず》を吸《す》い出《だ》すのに、ホースの中《なか》を水《みず》でいっぱいにしてどうするんだよ？」

「健太《けんた》くん、これでいいんだ。これで、水《みず》を一気《いっき》に吸《す》い出《だ》すことができる」

真実《しんじつ》は、装置《そうち》の中《なか》が水《みず》でいっぱいになると、水《みず》を注《そそ》いでいたT字形《ティーじがた》のパイプの口《くち》にフタをした。そして、池《いけ》の中《なか》に入《い》れたホースと、崖《がけ》の下《した》に垂《た》らしたホースの、それぞれ先端《せんたん》にある栓《せん》を外《はず》す。

その瞬間《しゅんかん》、

ゴゴゴゴォ！


崖《がけ》に垂《た》らしたホースの先《さき》から、水《みず》が勢《いきお》いよく出《で》てきた。

「すごい！　いっぱい出《で》てきた！」

「当《あ》たり前《まえ》でしょ。ホースの中《なか》が水《みず》でいっぱいになってたんだから」

美希《みき》はそう言《い》うが、奇妙《きみょう》なことに気《き》づいた。

いつまで経《た》っても、出《で》てくる水《みず》が減《へ》らないのだ。

「どういうこと？」

「池《いけ》の水《みず》を吸《す》い出《だ》しているんだ。サイフォンの原理《げんり》を使《つか》ってね」

「サイフォンの原理《げんり》!?」

真実《しんじつ》は水《みず》を吸《す》い出《だ》しているホースをじっと見《み》つめた。

「サイフォンの原理《げんり》は、水《みず》の吸《す》い出《だ》し口《ぐち》と、吐《は》き出《だ》し口《ぐち》の水位《すいい》の差《さ》を利用《りよう》して、水圧《すいあつ》で水《みず》を吸《す》い出《だ》すというものなんだ。吸《す》い出《だ》し口《ぐち》のある水面《すいめん》より吐《は》き出《だ》し口《ぐち》のほうが下《した》にあれ

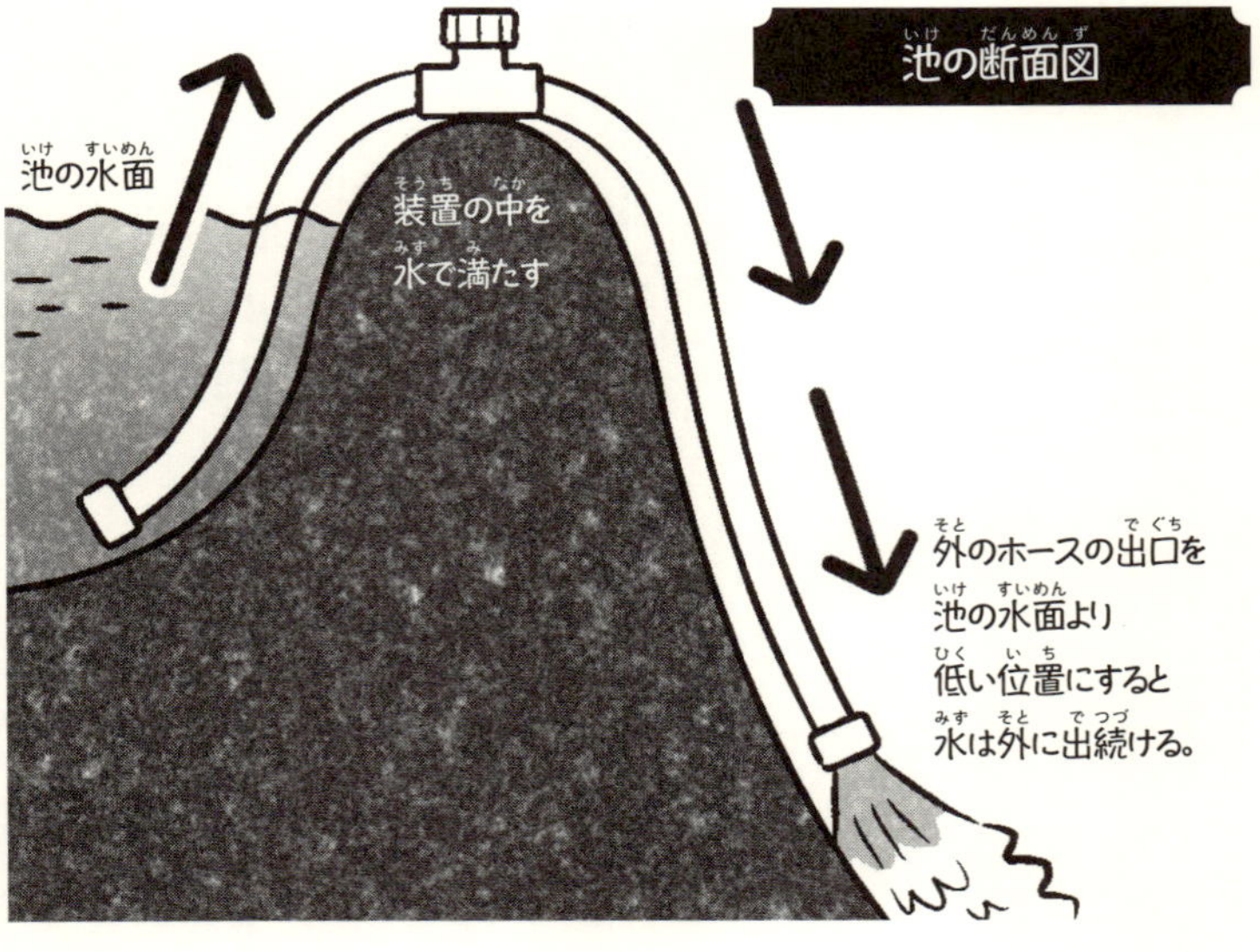

ば、水《みず》を一気《いっき》に抜《ぬ》くことができるんだ」

「じゃあ、小屋《こや》の中《なか》にあった道具《どうぐ》はすべてこのためのものだったのね？」

「ああ。これだけの装置《そうち》があれば、時間内《じかんない》に池《いけ》の水《みず》を抜《ぬ》くことができるはずだ。さあ、早《はや》く水《みず》を吸《す》い出《だ》そう！」

「うん！」

真実《しんじつ》たちは装置《そうち》をすべて使《つか》って、池《いけ》の水《みず》を吸《す》い出《だ》した。

「真実《しんじつ》くん！　あれ！」

見《み》ると、池《いけ》の水位《すいい》が下《さ》がり、池《いけ》の底《そこ》にあった入《い》り口《ぐち》のハッチが地上《ちじょう》に姿《すがた》を現《あらわ》した。

真実《しんじつ》は急《いそ》いで池《いけ》の底《そこ》に飛《と》び降《お》り、ハッチへと急《いそ》いだ。

サイフォンの原理《げんり》

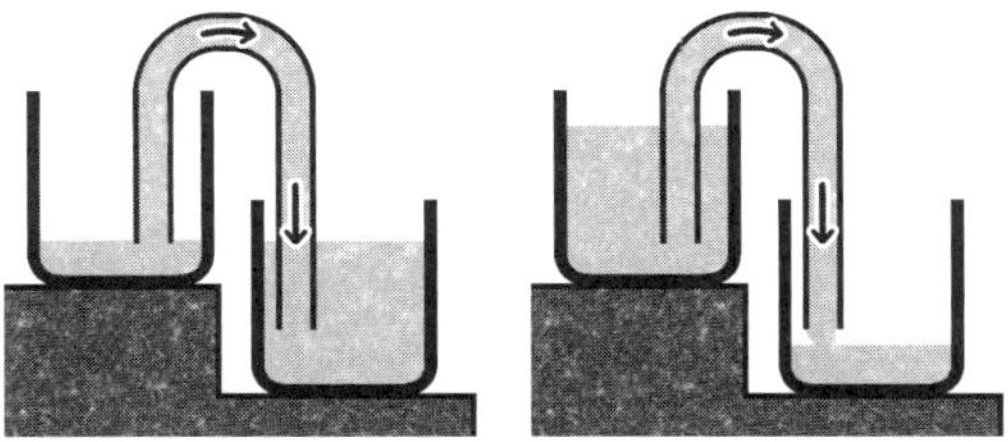

水面《すいめん》の高《たか》さが同《おな》じになると水《みず》は止《と》まる

水《みず》の入《はい》った容器《ようき》に水《みず》を満《み》たした管《くだ》を図《ず》のように入《い》れると水《みず》は低《ひく》いほうに吸《す》い出《だ》される

「父《とう》さん！」

真実《しんじつ》はハッチを力《ちから》いっぱい持《も》ち上《あ》げる。

ガチャン！

大《おお》きな音《おと》が響《ひび》き、ハッチが開《ひら》いた。

「**真実《しんじつ》!!**」

ハッチの向《む》こうに、何人《なんにん》も人《ひと》がいる。その真《ま》ん中《なか》に、白衣《はくい》を着《き》た快明《かいめい》が立《た》っていた。

「**父《とう》さん！**」

真実《しんじつ》はついに、快明《かいめい》を見《み》つけ出《だ》すことができた。

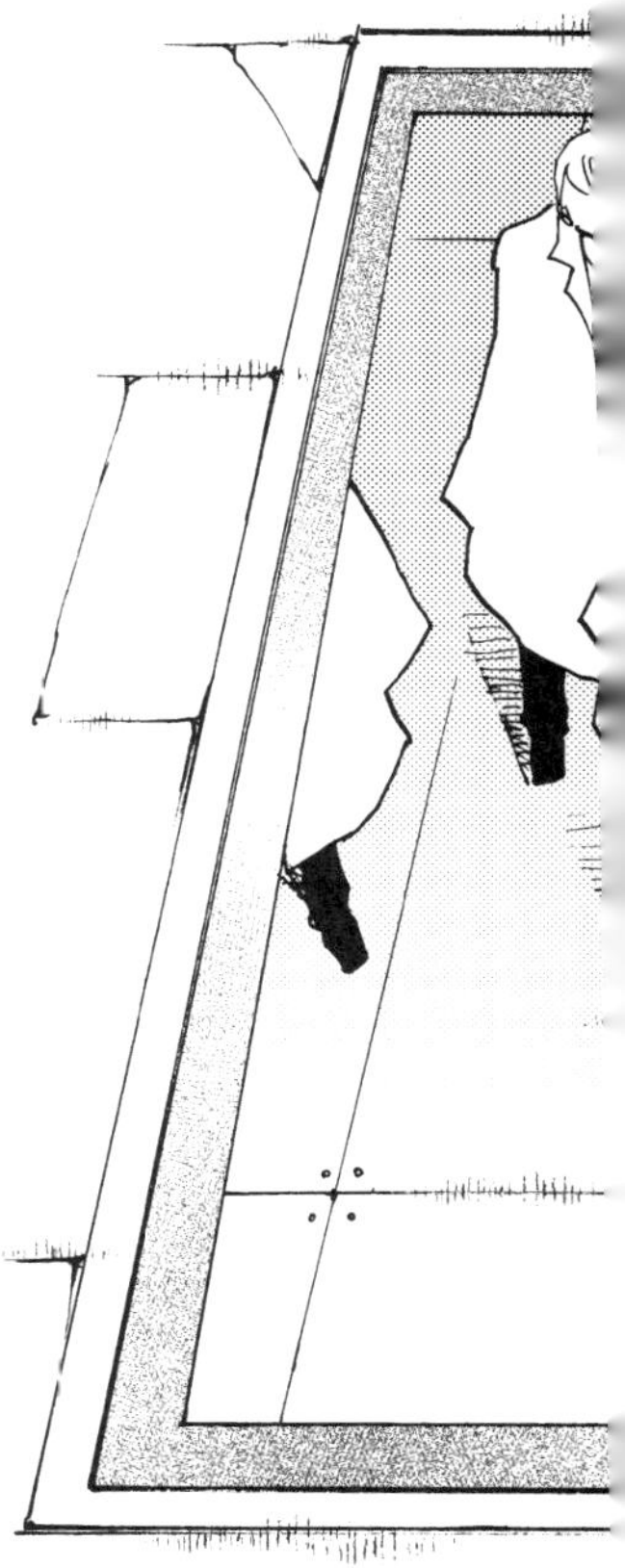

ドオオオン　ドオオオオオン

夕暮《ゆうぐ》れどき。

真実《しんじつ》たちは、快明《かいめい》や行方不明《ゆくえふめい》だった生徒《せいと》たち、島《しま》の住人《じゅうにん》たちとともに、浜辺《はまべ》へと逃《に》げていた。

爆発音《ばくはつおん》が響《ひび》き、ふたつの山《やま》のあいだから、煙《けむり》が上《あ》がる。

次《つぎ》の瞬間《しゅんかん》、悪魔《あくま》のツノのようなふたつの山《やま》は、音《おと》を立《た》てて崩《くず》れ落《お》ちた。

真実《しんじつ》たちは間一髪《かんいっぱつ》のところで、快明《かいめい》たちを救《すく》い出《だ》すことができた。

「真実《しんじつ》、よくやったぞ」

快明《かいめい》はとなりに立《た》つ真実《しんじつ》のほうを見《み》た。

「おまえならきっとできると信《しん》じていたよ。父《とう》さんの自慢《じまん》の息子《むすこ》だ」

「父《とう》さん！」

真実《しんじつ》は快明《かいめい》に勢《いきお》いよく抱《だ》きついた。

「よかった！　父《とう》さん！　父《とう》さん！　父《とう》さんが無事《ぶじ》でほんとによかった！」

真実《しんじつ》は人目《ひとめ》もはばからず泣《な》きじゃくる。

「真実《しんじつ》……」

快明《かいめい》は、ほほえむと、そんな真実《しんじつ》の頭《あたま》をやさしくなでた。

5

SCIENCE TRICK DATA FILE

科学《かがく》トリック データファイル

Q.ホース1本《ぽん》で水《みず》を移動《いどう》できるの?

サイフォンの原理《げんり》をマスターしよう！

サイフォンの原理《げんり》を利用《りよう》すれば、簡単《かんたん》に水《みず》を移動《いどう》させることができます。たとえば、金魚《きんぎょ》の水槽《すいそう》の水《みず》を換《か》えるときにも便利《べんり》に使《つか》えます。やり方《かた》をマスターして、ふだんの生活《せいかつ》のいろんな場面《ばめん》で試《ため》してみてね。

【実験《じっけん》してみよう】

サイフォンの原理《げんり》を使《つか》って、お風呂《ふろ》の水《みず》を抜《ぬ》いてみましょう。

用意《ようい》するのは、1本《ぽん》のホースだけです。

1 ホースを湯船《ゆぶね》につけて、ホースの中《なか》を水《みず》で満《み》たす。

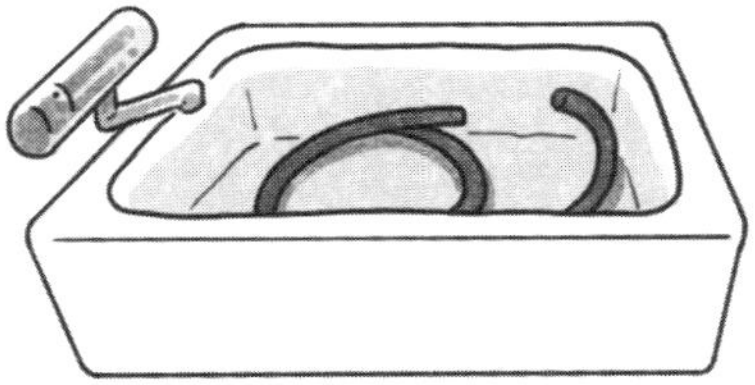

2 水《みず》の中《なか》で、ホースの片側《かたがわ》の口《くち》を指《ゆび》で押《お》さえ、水《みず》が漏《も》れないようにして、湯《ゆ》船《ぶね》の外《そと》に出《だ》してみよう。

ホースの口《くち》の位置《いち》を湯船《ゆぶね》の水面《すいめん》より下《した》にすれば、どんどん水《みず》が出《で》てくるよ。

※ここで紹介《しょうかい》した実験《じっけん》は、おうちの人《ひと》と一緒《いっしょ》にやりましょう。

A. 覚《おぼ》えておくと、役《やく》に立《た》つよ

キーンコーンカーンコーン♪

「はい、今日《きょう》はここまで。みんな、気《き》をつけて帰《かえ》るんだぞ～」

6年《ねん》2組《くみ》の教室《きょうしつ》。

教壇《きょうだん》に立《た》つ、担任《たんにん》の大前先生《おおまえせんせい》がそう言《い》うと、みんなはいっせいに帰《かえ》る準備《じゅんび》を始《はじ》めた。

「は～、疲《つか》れた～」

健太《けんた》は手《て》を大《おお》きく上《うえ》に伸《の》ばす。

「疲《つか》れたって、授業中《じゅぎょうちゅう》ずっと寝《ね》ていたではないですか」

健太《けんた》に声《こえ》をかけてきたのは、学級委員長《がっきゅういいんちょう》の「マジメスギ」こと、杉田《すぎた》ハジメだ。

「寝《ね》てたんじゃないよ。考《かんが》えごとをしてたんだ」

「宮下《みやした》くんが考《かんが》えごと？　それは珍《めずら》しいですねえ」

「ぼくだって考《かんが》えごとぐらいするよ」

「ほほう。いったい何《なに》を考《かんが》えていたんです？」

「それは……」

（今日《きょう》もずっと……同《おな》じことを考《かんが》えてた……）

健太《けんた》は廊下《ろうか》を歩《ある》いていた。

阿久磨島《あくまじま》の出来事《できごと》から、1週間《しゅうかん》ほどが経《た》った。

花森小学校《はなもりしょうがっこう》は平和《へいわ》そのものだ。

「あら、宮下《みやした》くん」

向《む》こうから、河合先生《かわいせんせい》とハマセンが歩《ある》いてきた。

「今日《きょう》は夕方《ゆうがた》から雪《ゆき》が降《ふ》るみたいですわよ。傘《かさ》かレインコートは、ちゃんと持《も》ってるかしら？」

「ええっと、朝《あさ》、用意《ようい》してたんだけど、玄関《げんかん》に忘《わす》れてきちゃって」

「ガハハ。宮下《みやした》はそそっかしいところがあるからなあ」

「職員室《しょくいんしつ》に予備《よび》の傘《かさ》があるから、持《も》っていくといいですわ」

「う～ん、けど降《ふ》る前《まえ》に帰《かえ》れると思《おも》うから、だいじょうぶです」

「滑《すべ》って転《ころ》ばないようにしろよ～。ところで河合先生《かわいせんせい》、今度《こんど》の日曜《にちよう》、カラオケでも行《い》きませんか？　オレ、レパートリーが10曲《きょく》増《ふ》えまして」

「ごめんなさい。日曜《にちよう》は用事《ようじ》があるんです。わたくし、大前先生《おおまえせんせい》と科学博物館《かがくはくぶつかん》に『大《だい》きのこ展《てん》』を見《み》にいくお約束《やくそく》をしてて」

「大前先生《おおまえせんせい》と？　そ、それは、いったい全体《ぜんたい》どういうことです!?」

ハマセンは驚《おどろ》きながら、河合先生《かわいせんせい》とともに廊下《ろうか》を歩《ある》いていった。

（河合先生《かわいせんせい》と大前先生《おおまえせんせい》が休《やす》みの日《ひ》に科学博物館《かがくはくぶつかん》に……？）

「これは、事件《じけん》ね」

物陰《ものかげ》からひとりの人物《じんぶつ》が現《あらわ》れた。

美希《みき》だ。

「来週《らいしゅう》の花森小新聞《はなもりしょうしんぶん》の1面《めん》は、**『スクープ！　河合先生《かわいせんせい》と大前先生《おおまえせんせい》が博物館《はくぶつかん》デート！』**で、決《き》まりね」

美希《みき》は手帳《てちょう》にメモをしながら、廊下《ろうか》を歩《ある》いていた。

空《そら》は曇《くも》っている。今《いま》にも雪《ゆき》が降《ふ》りそうだ。

「ねえ、美希《みき》ちゃん、大前先生《おおまえせんせい》たちはそっとしてあげといたほうがいいと思《おも》うよ」

うしろから、健太《けんた》が言《い》う。

すると、美希《みき》は「確《たし》かにそうかもね……」と言《い》って、手帳《てちょう》を閉《と》じた。

ふたりは並《なら》んで校門《こうもん》を出《で》た。

「……昔《むかし》はこういうネタでもワクワクできたんだけど、最近《さいきん》はぜんぜん盛《も》り上《あ》がらないのよねえ」

「どうして盛《も》り上《あ》がらないの？」

「そんなの決《き》まってるでしょ。真実《しんじつ》くんといろんなナゾを解《と》くほうが楽《たの》しかったからよ」

その言葉《ことば》に、健太《けんた》は小《ちい》さくうなずいた。

ふと、横《よこ》を見《み》る。

いつも横《よこ》には真実《しんじつ》がいた。

だけど、今《いま》はいない。

健太《けんた》は立《た》ち止《ど》まると、思《おも》わず下《した》を向《む》いた。

「やっぱり、もう帰《かえ》ってこないよね……」

真実《しんじつ》は1週間前《しゅうかんまえ》からホームズ学園《がくえん》に行《い》っている。

ホームズ学園《がくえん》の裏《うら》の顔《かお》「デビルホームズ」の存在《そんざい》が発覚《はっかく》し、しかも、学園長《がくえんちょう》がそのリーダーだったことで、学園《がくえん》は大混乱《だいこんらん》におちいったのだ。

「学園側《がくえんがわ》は、真実《しんじつ》くんのお父《とう》さんに学園長《がくえんちょう》になってもらいたがってるのよね？」

美希《みき》も立《た》ち止《ど》まり、健太《けんた》のほうを見《み》た。

「生徒《せいと》に信頼《しんらい》されてるからね。だけど、真実《しんじつ》くんのお父《とう》さんは一教師《いちきょうし》として、みんなと交《こう》流《りゅう》したいと言《い》ってるらしいよ」

「凛《りん》くんのことも心配《しんぱい》よね。お父《とう》さんがデビルホームズのリーダーだったなんて」

「真実《しんじつ》くんがそばについていれば、だいじょうぶだよ。きっと元気《げんき》になれるはずだよ」

健太《けんた》は凛《りん》のことを心配《しんぱい》しながらも、寂《さび》しい気持《きも》ちになった。

マジメスギは、健太《けんた》が授業中《じゅぎょうちゅう》に寝《ね》ていると言《い》ったが、本当《ほんとう》は、ずっと真実《しんじつ》のことを考《かんが》えていたのだ。

——毎日《まいにち》のように、一緒《いっしょ》だった。

これからも、いろんなナゾを力《ちから》を合《あ》わせて解《と》いていくと思《おも》っていた。

（それなのに……）

真実《しんじつ》はもともと、父親《ちちおや》の行方《ゆくえ》を探《さが》すために花森小学校《はなもりしょうがっこう》にきた。

父親《ちちおや》が見《み》つかった今《いま》、ホームズ学園《がくえん》に帰《かえ》るのは当然《とうぜん》だ。

（ホームズ学園《がくえん》で暮《く》らすほうが、真実《しんじつ》くんにとって、きっと幸《しあわ》せだよね）

健太《けんた》は大《おお》きな溜《た》め息《いき》をつく。寒空《さむぞら》に白《しろ》い息《いき》が浮《う》かび、健太《けんた》はそれを寂《さび》しそうな目《め》で見《み》つめた。

「その白《しろ》い息《いき》の正体《しょうたい》は、小《ちい》さな水滴《すいてき》だ」

声《こえ》がした。

健太《けんた》と美希《みき》がハッと顔《かお》をあげると、前方《ぜんぽう》に、真実《しんじつ》が立《た》っていた。

「白《しろ》い息《いき》は水蒸気《すいじょうき》だと思《おも》っている人《ひと》がいるけど、水蒸気《すいじょうき》は無色透明《むしょくとうめい》で見《み》ることはできない。吐《は》き出《だ》された水蒸気《すいじょうき》が、低《ひく》い温度《おんど》の外気《がいき》に触《ふ》れることによって冷《ひ》やされ、水《みず》、つまり小《ちい》さな水滴《すいてき》に変《か》わるんだ」

「真実《しんじつ》くん!」


健太《けんた》と美希《みき》はあわてて真実《しんじつ》のそばに駆《か》け寄《よ》った。

「ホームズ学園《がくえん》に行《い》ったんじゃないの?」

「ああ。行《い》ったよ。そして帰《かえ》ってきた」

「帰《かえ》ってきたって、ホームズ学園《がくえん》に転校《てんこう》しちゃうんじゃなかったの?」

「ホームズ学園《がくえん》に行《い》ったのは、混乱《こんらん》を落《お》ち着《つ》かせるためだ。父《とう》さんは学園長《がくえんちょう》にはならないと決《き》めたけど、ほかの先生《せんせい》たちと力《ちから》を合《あ》わせて学園《がくえん》をよくしていくことにしたんだ。凛《りん》くんもだいじょうぶだったよ。彼《かれ》にはアレクサンドルくんたちがいるからね」

真実《しんじつ》はじっと健太《けんた》の顔《かお》を見《み》つめた。

「ぼくは、これからも花森小学校《はなもりしょうがっこう》に通《かよ》うよ。この町《まち》には、ぼくの知《し》らないナゾがまだまだたくさんあるような気《き》がするからね」

「それって、明日《あした》もあさっても、ずっと花森小学校《はなもりしょうがっこう》にいるってこと?」

「ああ。来週《らいしゅう》も再来週《さらいしゅう》も、ぼくはずっと健太《けんた》くんのクラスメートだ」

「真実《しんじつ》くん……！」

そのとき、雪《ゆき》が降《ふ》ってきた。

「やっぱり降《ふ》り出《だ》したわね」

美希《みき》がランドセルの中《なか》から折《お》りたたみ傘《がさ》を出《だ》す。

真実《しんじつ》も、持《も》っていた傘《かさ》を開《ひら》いた。

「健太《けんた》くん、傘《かさ》は？」

「ええっと、持《も》ってなくて」

「そうなんだ。じゃあ、一緒《いっしょ》に入《はい》ろう」

真実《しんじつ》が、傘《かさ》を向《む》ける。

健太《けんた》はそんな真実《しんじつ》を見《み》て、笑顔《えがお》になった。

「うん！　ありがとう、真実《しんじつ》くん！」

健太《けんた》は真実《しんじつ》と同《おな》じ傘《かさ》に入《はい》った。

「そういえば、真実《しんじつ》くんが帰《かえ》ってきてくれてちょうどよかったわ。雪《ゆき》の降《ふ》る日《ひ》に起《お》きる不思議《ふしぎ》な都市伝説《としでんせつ》を最近《さいきん》聞《き》いたの」

「どんな話《はなし》なんだい？」

「雪《ゆき》の降《ふ》る日《ひ》だけ、ナゾの女《おんな》の叫《さけ》び声《ごえ》が聞《き》こえる神社《じんじゃ》があるんだって。『雪女《ゆきおんな》の叫《さけ》び声《ごえ》』って言《い》われているらしいわ」

「雪女《ゆきおんな》か……。それは、おもしろそうだね」

「あっ、真実《しんじつ》くん。今《いま》から神社《じんじゃ》に行《い》く気《き》だね!?」

真実《しんじつ》はその言葉《ことば》にほほえむと、人《ひと》さし指《ゆび》で眼鏡《めがね》をクイッとあげた。


「この世《よ》に科学《かがく》で解《と》けないナゾはない。健太《けんた》くん、美希《みき》さん、さあ、行《い》こう！」

See you
in the next mystery!

著者紹介

佐東みどり

脚本家・作家。アニメ「サザエさん」「ハローキティとあそぼう！まなぼう！」などを担当。小説に「恐怖コレクター」シリーズ、「謎新聞ミライタイムズ」シリーズなどがある。
（執筆：プロローグ、5章、エピローグ　原案：3章）

石川北二

監督・脚本家。脚本家として、映画「かずら」（共同脚本）、「燐寸少女 マッチショウジョ」などを担当。監督としての代表作に、映画「ラブ★コン」などがある。
（執筆：1章、2章）

木滝りま

脚本家・作家。脚本家として、ドラマ「念力家族」「ほんとにあった怖い話」、アニメ「スイートプリキュア♪」など。代表作に、『世にも奇妙な物語 ドラマノベライズ 恐怖のはじまり編』がある。
（執筆：3章　原案：5章）

田中智章

監督・脚本家。脚本家として、アニメ「ドラえもん」、映画「シャニダールの花」などを担当。監督としての代表作に、映画「放課後ノート」「花になる」などがある。
（執筆：3章〈横川の証言〉、4章）

挿画

木々（KIKI）

マンガ家・イラストレーター。代表作に、「バリエガーデン」シリーズ、「ラヴ ミー テンダー」シリーズなどがある。
公式サイト：http://www.kikihouse.com/

ブックデザイン
アートディレクション

辻中浩一
＋
吉田帆波
小池万友美
内藤万起子
（ウフ）

監修　　　　金子丈夫（筑波大学附属中学校元副校長）
編集デスク　橋田真琴、大宮耕一
編集　　　　河西久実
校閲　　　　宅美公美子、野口高峰、志保井里奈（朝日新聞総合サービス）

ホームズ学園校章デザイン　改森功啓
本文図版　　楠美マユラ
コラム図版　佐藤まなか
本文写真　iStock、朝日新聞社
ブックデザイン/アートディレクション　辻中浩一＋吉田帆波、小池万友美、内藤万起子（ウフ）

おもな参考文献
『新編 新しい理科』3～6（東京書籍）／『キッズペディア 科学館』日本科学未来館、筑波大学附属小学校理科部監修（小学館）／『週刊かがくる 改訂版』1～50号（朝日新聞出版）／『週刊かがくるプラス 改訂版』1～50号（朝日新聞出版）／「ののちゃんのDO科学」朝日新聞社（https://www.asahi.com/shimbun/nie/tamate/）

科学探偵《かがくたんてい》 謎野真実《なぞのしんじつ》シリーズ5

科学探偵《かがくたんてい》VS.《ブイエス》 消滅《しょうめつ》した島《しま》

2018年12月30日　第1刷発行
2023年6月20日　第11刷発行

著　者　　作：佐東みどり　石川北二　木滝りま　田中智章　　絵：木々
発行者　　片桐圭子
発行所　　朝日新聞出版
〒104-8011
東京都中央区築地5-3-2
編集　生活・文化編集部
電話　03-5541-8833（編集）
03-5540-7793（販売）

印刷所・製本所　大日本印刷株式会社
ISBN978-4-02-331642-3
定価はカバーに表示してあります